宋詩概說

吉川幸次郎 著
鄭清茂 譯

作者吉川幸次郎先生(左)與譯者鄭清茂先生(右)於1972年攝於日本京都。
(照片提供／鄭清茂)

《宋詩概說》新版序

吉川幸次郎先生所著《宋詩概說》的漢譯本，由聯經出版公司於一九七七年發行初版後，已過了三十多年。這期間重刷了數次，好像在國內外漢學界多少引起了一些迴響。忝爲本書譯者，當然感到欣慰，也引以爲榮。現在，聯經加以再版刊行，除了改正少數誤植之字外，未作任何更動，以保原來面貌。此次能夠順利再版，先是由發行人兼總編輯林載爵先生提議，繼由編輯部的朋友全力配合，謹此表示由衷的謝忱。

鄭清茂　二〇一二年一〇月　臺灣

著者序

清季巨公，宗尙西江，遺詞太僻，聽者或藐。至於近賢，取長短句，而忽其詩，乃近偏頗。禹域詩史，蓋三千祀。僕異邦人，察厥脈理，唐宋之間，實爲鴻溝。唐詩如酒，容易醉人；宋詩似茶，久乃怡人。竊考其故，似有心得。醉翁荊公，出自寒素。眉山鑑湖，亦由里巷。著衣喫飯，非復三代。密勿世態，不屑風月。取材之宏，儘其細微。蝨蟲之賤，或形吟詠。以文以理，議者紛紜。豈知諸公，意主人耦，凡厥橫目，願共飢渴。此性識之又新，非江河之日下也。六朝至唐，哀苦之詞，由此告退，漸趨樂生。徵諸後代，明雖專唐，不工哀苦，亦在宋藩。不有廢者，安有所興。以此論世，似皆迎刃。乃成小冊，以告國人。

鄭君清茂，辱交廿載。忝迻漢文，用廣讀者。雅馴通暢，嚼飯增味。平生知己，感何窮已。其英文本，B. Watson譯，刊由哈佛，今此鼎足。海外諸君，庶有教言。知我罪我，願安承焉。

照和五十一年丙辰七月，日本吉川幸次郎序於京都市北白川之箋杜室。

著者詩四首

熱海惜櫟莊草宋詩概說二首

昭和三十六年辛丑

一

萬首宋賢句，源流吾豈兼。稿成顛撲破，思向夜分尖。
應見丹鉛笑，何當甲癸籤。窺園園亦小，新月復纖纖。

二

松竹蒸秋暑，居茲眞望洋。海江岐范陸，涇渭辨陳黃。
道院勤庭誥，坡仙悲對床。要知人耦意，不獨半山王。

八月宋詩概說成志喜仍用前韻寄小川士解時復在惜櫟莊二首

昭和三十七年壬寅

一

知尚無厓逐，著書幽興兼。潮來松韻次，風洗竹光尖。
困學聊丁部，羽流猶七籤。嗟哉天水客，吐納儘洪纖。

二

亭亭三百祀，涵蓄自汪洋。硬語頻堅白，淺人徒點黃。
匠門寧說匠，床上忌安床。因此逞胸臆，令吾神暫王。

目次

序章

宋詩的性質

第一節　宋的時代

中國史過了一半之後，連續地出現了唐、宋、元、明、清五大朝代。宋朝居第二。天子姓趙。

宋史分爲北宋與南宋兩個時期。

北宋以汴京（今河南省開封市）爲首都，從十世紀中葉起，大致上統一了中國全土，歷一百六十年，直到十二世紀初葉爲止，約略相當於日本平安朝中期至末期的院政時代。當時以滿洲爲根據地的契丹族，早已建立了一個國家，國號曰遼，始終與北宋爲敵；而更使北宋感到屈辱的是，遼的領土竟然囊括了所謂「燕雲十六州」，即今包含北京在內的河北省北部，以及山西省北部。到了北宋中葉，唐古特族的國家西夏，崛起西方，也構成了很大的威脅。然而，儘管如此，由於鞏固的中央集權制度，國內卻大體上平安無事，保持了一片昇平景象。根據《宋史·地理志》，在最後一代皇帝徽宗的崇寧年間，即一一〇〇年前後，全國戶數達二千八十八萬二千二百五十八戶；人口四千六百七十三萬四千七百八十四人。首都開封一地的人口，就有四十四萬二千九百四十人。而且這些人口數目，按照宮崎市定氏的說法，只算男人，女人並不包括在內。至於首都開封的繁榮情形，孟元老的《東京夢華錄》裡有詳細的描寫。

蘇軾在下面的一首七言絕句裡，也反映了當時首都及其近郊農村富裕的情形。在一九〇三年的上元節，即倒數第二代皇帝哲宗的元祐八年，舊曆正月十五夜，年輕的皇帝陪著祖母太后，從宮門上觀賞著首都熱鬧的夜景。自號東坡居士的詩人蘇軾，官拜禮部尙書（約等於現在的教育部長），也是陪宴的大臣之一。上元節就是元宵，街頭巷尾，張燈結綵，又有遊行花車穿梭其間，是一年一度最熱鬧的晚上。這首題爲〈上元樓上侍飮呈同列〉的詩，寫的就是詩人當時的觀感。

> 薄雪初消野未耕，賣薪買酒看升平。
> 吾君勤儉倡優拙，自是豐年有笑聲。

第一句「薄雪」云云，點出這時正是農閑季節。近郊的農民用賣薪所得的錢買了酒，成群結隊，絡繹不絕地進城來趕今夜的熱鬧，看太平的景象。「倡優」指在花車或戲棚上獻藝的演員。也許是我們的君主崇尙勤儉，務去浮華的關係，上以風化下，那些倡優所表演的雜技曲藝都實在不敢令人恭維。倒是一般人民爲豐收而高興的笑聲，卻到處可聞，顯得繁華熱鬧之至。

蘇軾另外一首有名的七言絕句，題爲〈春夜〉，大概也是作於那時的汴京。

春宵一刻值千金，花有清香月有陰。
歌管樓臺聲細細，鞦韆院落夜沉沉。

「月有陰」，月色朦朧之意。不知從那一家高樓上，伴著輕細的管笛，傳來了曼靡的歌聲。外面是無風的月夜。深深的院子裡空空的，白天在那裡盪鞦韆的少女們，她們的驚叫，她們的芳蹤，如今安在？在沉沉的春夜裡，在朦朦的月光下，只見鞦韆靜靜地垂著彩色的繩子。

由於天下太平，人民豐衣足食，教育自然就普遍起來。甚至農村也不例外。蘇軾弟子輩的晁沖之，有一首絕句〈夜行〉說：

老去功名意轉疎，獨騎瘦馬適長途。
孤村到曉猶燈火，知有人家夜讀書。

這時代的人不必轉戰疆場，只要參加科舉，如能及第，也一樣可獲得「功名」。詩人自己屢次應考而名落孫山，懷著不遇的牢騷，騎著瘦馬趕著夜路。忽然看到在一個偏僻的小村裡，快到天亮了，居然還有些人家點著燈光。對了，這裡一定有些年輕人，跟我以前一樣，正在為了準備科舉開著夜車吧。

當時教育的普及並不限於中原。蘇軾晚年被流放到海南島所作的詩裡，就曾經提到在那遙遠的海島上，竟然也有教育農家子弟的村塾。

不過，從滿洲背後崛起的女眞族，先建立了金朝，滅了北宋宿敵遼國之後，就把侵略的箭頭轉向北宋。一一二六年，首都汴京陷落，徽宗與欽宗父子當了俘虜，被押到滿洲去。北宋一百六十年的和平就被破壞了。

徽宗的第九子高宗，繼承帝位後，逃到南方，建都於臨安(今浙江省杭州市)，統治了長江流域的地區。這是南宋的開始。爾後一百五十年間，領土掩有中國南半部，俗謂「半壁天下」。雖然南宋先是與金爲敵，後來又與成吉思汗的蒙古對峙，但與北宋一樣，卻能長期地保持了國內的和平。那個時期的日本，先後有保元、平治、源平等戰亂，內戰頻仍，眞是不可同日而語。根據南宋中葉寧宗嘉定十一年(一二一八)的統計，國內共有一千三百六十六萬九千六百八十四戶。一二七六年，忽必烈汗的元朝蒙古軍攻陷了杭州，併呑了南宋疆土，時爲日本鎌倉時代的中期。吳自牧的《夢梁錄》，寫於亡國前二年，留下了以西湖出名的首都杭州的繁榮記錄。另外威尼斯人馬哥波羅，曾訪問了淪陷後不久的杭州，對這個當時世界最大的都市，發出了由衷的驚歎。

南宋長久的和平，不但在杭州，也滲透到鄉村的角落。這在南宋詩人的代表陸游的一萬首詩裡，到處可以看得出來。如他的七言律詩〈村居書觸目〉：

雨霽郊原刈麥忙，風清門巷曬絲香。
人饒笑語豐年樂，吏省徵科化日長。
枝上花空閑蝶翅，林間葚美滑鶯吭。
飽知遊宦無多味，莫恨爲農老故鄉。

「郊原」即田園。「門巷」，門前小巷。「徵科」，徵收租稅。「化日」，化國之日，即在開明政治下充滿文化的好日子。「遊宦」是在外做官的生涯。陸游當時六十歲，對於官場已知道得太多，也有點厭倦了，回到浙江東部的故鄉，看到農村豐實而和樂的情景，不免心嚮往之。

要之，南北宋共三百十年間，邊境儘管多事，國內卻相當太平。固然由於軍人受到抑制，對外武威一直不振，但也因而避免了內戰內亂。「科舉」即公務員考選制度，在地方與首都分級舉行，相當完備。文官的登用限於有文學哲學修養的讀書人。

無譁戰士銜枚勇，下筆春蠶食葉聲。

這是歐陽修於北宋仁宗嘉祐二年（一〇五七），在首都汴京知貢舉，即當典試委員長時，描寫考場的詩句（〈禮部貢院進士就試〉）。那些參加考試的書生，像戰士銜枚似的一聲不響，勇往直前地進行著和平的爭鬥；聽得到的只是在紙上奔馳的筆聲，沙沙沙的，彷彿春蠶正在吃著桑葉一般。那一年的及第者之一就是蘇軾。

由於實施科舉制度的結果，具有豐富學術的讀書人往往得以一舉成名，進而平步青雲，成爲位居行政中樞的權臣。例如王安石，身兼詩人、學者與宰相，就是首屈一指的典型人物。其他將在本書裡介紹的詩人，如北宋的歐陽修、南宋的陳與義、范成大、文天祥，也都做過宰相。最偉大的詩人蘇軾，雖然沒有宰相的經歷，但也做到國務大臣的一員。反過來說，當時做過宰相或大臣的人物當中，不作詩不談哲學的，可說少而又少。在中國歷史上，宋朝是文化程度最高的時代。

不過，這些書生官吏每每結成政治派系，黨同伐異，爭權奪勢，無時或已。歐陽修的流放夷陵，蘇軾的謫居海南，都是黨爭的結果。儘管如此，殺戮行爲，除了少數例外，在原則上是一種禁忌。宋朝在中國史上，可以說是流血最少的時代。

就在這樣和平的基礎上，宋朝的文學得到了充分的發展。其中，詩是重要的一部分。

第二節　詩在宋文學的地位

從宋的前朝大唐帝國開始，詩在中國文學裡就確立了主要的地位。唐詩在形式上可以分成兩類。一是句數以及句中韻律皆不受拘束的形式，通稱「古體詩」。一是句數以及句中韻律均有定型的形式，稱爲「今體詩」，又名「近體詩」。再者，今體詩在原則上，又有八行而以對句爲主的律詩，以及只有四行的絕句。這兩種或者可以說三種詩體，基本上都屬於抒情詩的形式，雖然成立於唐代，但在南北宋期間卻更廣泛地被繼承了下來。

所以說廣泛，第一是指詩人數目的眾多。清厲鶚的《宋詩紀事》一書，蒐羅宋代詩人傳記或軼事，可說最爲賅備，所提南北宋詩人共達三千八百十二家。較之清康熙皇帝勅撰的《全唐詩》作者二千三百餘人，多了一千五百人。

其次是詩人所傳詩篇的數量，往往大的驚人。越是大詩人越是如此。南宋的代表詩人陸游，現今所傳的就有九千二百首，其中絕大多數還只是他四十歲以後的作品。梅堯臣有二千八百首，王安石一千四百首，蘇軾二千四百首，范成大一千九百首，楊萬里三千多首。唐朝詩人中，最多產的要算白居易了，也不過二千八百首。杜甫有二千二百首，李白一千多首。至於王維、韓愈等其他詩人，都在千首以下，就更等而下之了。現在已有《全唐詩》，但還沒有《全宋詩》。如果《全宋詩》一旦出現，恐怕可以收錄數十萬首，《全唐詩》雖有四萬多首，但相形之下就不免要見絀了。

不過，宋人文學不像唐人那樣地集中於詩。俗謂「唐詩宋文」，可見宋文學的主流是散文。這種說法固然未免有些偏頗，但宋人與唐人不同，除了詩之外，也傾注精力於散文的創作，卻是不可否認的事實。唐的散文孤立於詩的洪流之中，是一種採取自由文體的隨筆與傳記文學，始於中唐韓愈等人所發起的「古文」運動。然而這種所謂「古文」的文學，到了唐末由於繼起無人，中斷很久，直到宋朝，才又有作者出現，繼往開來，加以發揚光大。宋詩大家如歐陽修、王安石、蘇軾，同時也都是「古文」的大家。但這並不表示他們對詩有所忽略。事實上，他們依然認爲有韻律的詩，才是最高的藝術表現。

在韻文的世界裡，宋人除了普通的詩之外，又有所謂「詞」的形式。這是一種根據既存的歌譜填寫而成的歌詞，句子長短不齊，與嚴格規定全部或五言或七言句子的詩體，可以說大相徑庭。詞萌芽於唐宋，盛行於宋代，作者極多。歐陽修、王安石、蘇軾、陸游等，當時大部分的詩人，多多少少都作過「詞」，往往附錄在各家的全集裡面。譬如歐陽修的一首〈踏莎行〉：

候館梅殘
溪橋柳細
草薰風暖搖征轡

離愁漸遠漸無窮
迢迢不斷如春水
寸寸柔腸
盈盈粉淚
樓高莫近危欄倚
平蕪盡處是春山
行人更在春山外

〈踏莎行〉就是既存的歌譜，通稱「詞牌」。下面再舉一首用同一詞牌填寫的「詞」：

諸如此類，「詞」原是用來表現柔軟感情的詩歌類型，但在宋代的發展過程中，形式和內容都越變越複雜。而且也產生了像北宋柳永、周美成，以及南宋辛棄疾、吳文英那樣專門寫「詞」的詞人。

因爲「詞」的流行是個新起的現象，所以頗受近時文學史家的重視。但過度的重視卻非避免不可。何則？「詞」又名「詩餘」，畢竟是詩的支流。儘管不能說沒有例外，如蘇軾或辛棄疾的作品，但在原則上，「詞」是一種精巧的抒情小調。宋朝韻文文學的主流，從頭至尾還是在詩。最重要的感情依然託之於詩，不託之於「詞」。這是宋代本身的意識，也是現在的客觀判斷。其實，就創作的數量而言，「詞」遠不及詩的多。爲什麼《全宋詞》已被編印而《全宋詩》尚未出現，恐怕量的多少是個重要的原因。

第三節　宋詩的敘述性

如上所述，詩是宋代文學的主流，而且留下了巨量的作品。宋詩具有幾種特殊的性質。這些特性，不但在從前一千多年的中國詩史裡，很少而不普遍；而且與前代的唐詩，往往顯得完全相反。概括地說，宋人不但把詩視爲抒情或流露感情的場所，同時也把詩當作傳達理智的地方。

第一，宋詩是富於敘述性的詩，是顯耀才智的詩。譬如說，有些題材或內容，過去的人多半會用散文來敘述，可是宋人卻往往入之於詩。這就是從前中國評論家所說的「以文爲詩」。首創宋代詩風的北宋歐陽修，已有「以文爲詩」的傾向。或者正因爲他是開風氣之先的人，所以這種傾向也就表現得更爲顯著。這裡不妨舉一首與日本有關係的〈日本刀歌〉爲例。這首詩作於一〇六〇年左右，仁宗嘉祐年間，正當源賴義與安倍貞任鏖戰的時候。這位喜歡蒐集古物的詩人，通過一個紹興商賈，見到了一把日本刀，便寫了這首七言古詩。因爲是長詩，所以分段介紹如下：

昆夷道遠不復通，世傳切玉誰能窮。
寶刀近出日本國，越賈得之滄海東。

「昆夷」是出產寶刀的外國，見於《詩經》等古籍。據說昆夷所煉的寶刀，可以切玉而不受損傷。但時地兩遠，現在已不復得見了。不過，寶刀並沒絕跡，近來日本出產的刀也極為名貴。有一個浙江省紹興地方的商人，從東方海外得到了一把，特地拿來給我欣賞。

魚皮裝貼香木鞘，黃白閑雜鍮與銅。
百金傳入好事手，佩服可以禳妖凶。

聽說佩帶這種寶刀，還可以驅除妖魔鬼怪呢。以下是描述日本的國情民俗：

傳聞其國居大島，土壤沃饒風俗好。
其先徐福詐秦民，採藥淹留丱童老。

當年徐福騙了秦始皇，帶著數千童男女入海採藥，一去不返，原來他們都在日本定居下來，傳宗接代，老死在那裡。日本紀州也有類似的傳說。

百工五種與之居，至今器玩皆精巧。
前朝貢獻屢往來，士人往往工詞藻。

「百工」，徐福帶去的各種工人。「器玩」，工藝品。「前朝」指唐朝。「詞藻」即文學。歐陽修也是歷史學家，在所著《新唐書》的〈東夷列傳〉日本條裡，他列舉了朝臣仲滿（華名朝衡）、橘逸勢、浮屠空海等在唐留學的日本文人。不過，詩人歐陽修更大的關心，卻在日本保存下來的中國古書：

徐福行時書未焚，逸書百篇今尚存。

「書」非一般書籍之意，而指孔子編定的《書經》。原來《書經》共有百篇，但由於秦始皇焚書的結果，在中國傳下來的只剩了差不多原書的一半。徐福入海是在焚書以前，聽說他帶去的《書經》一百篇，現在還完完整整地保存在日本。只是該書已變成了日本的國寶，在法律上嚴禁輸出到中國來：

令嚴不許傳中國，舉世無人識古文。

「古文」指孔子時代的古體文字。因爲日本有輸出禁令，所以在全中國裡，能夠了解古代字體的人一個也沒有。

先王大典藏夷貊，蒼波浩蕩無通津。

「先王」指古代帝王。稱日本為「夷貊」，蠻人之國、動物之國，這是當時中國人的見識，也是不得已的事。「浩蕩」，海波廣大無邊貌。

令人感激坐流涕，鏽澁短刀何足云。

一想到那些流落海外的中國古籍，重洋遠隔，恨不能一睹為快，但畢竟有外國人妥為保藏，實在也值得感激流淚了。「鏽澁」形容刀的遲鈍。鏽同銹。在「先王大典」的存亡大事之前，一把生銹的短刀就顯得無足輕重了。

像這樣對於珍奇器物的敘述，只不過是宋詩敘述性的一端而已。其他如名畫、山珍海味、奇異動物、稀罕事件等，類似的題材，也都有加以敘述的詩。在別的方面，宋代也有不少詩人寫了不少長詩，敘述個人長期旅行的經過、一日遊覽的見聞、朋友間的聚會、酒宴等友誼的行為。

這在唐詩裡，當然不能說沒有前例可援。杜甫是首開其端的人。他的長篇傑作〈北征〉寫的就是他自己在外旅行的經過。杜甫還有不少題畫詩。韓愈亦然。白居易在〈長恨歌〉、〈琵琶行〉二詩裡，也分別敘述了某一事件的始末。不過，這種傾向在唐詩是偶然的，在宋詩卻是普遍的。

宋詩的敘述性，與上面所說宋人亦頗注重散文的事實，無疑的大有關係。換句話說，宋人把散文家成熟的技巧手腕用之於詩，因而促進了敘述體詩的成立發展。不過還有更深更根本的原因。從來的詩以抒情為主，往往陷於空虛的抽象，難免要引起宋人內在的反省，或甚至導致他們的抗拒。那種只表現心中興奮或激動之頂點的詩，已經不能滿足宋代詩人的需求。他們更進一步，想要知道是什麼刺戟人心而引起興奮或激動，於是把眼光盡可能轉向外界，從事客觀的考察，找出新的題材來加以詳細的敘述。或者，即使是舊的題材，他們也會採取敘述的態度，而避免只抓住對象頂點的籠統寫法。上面所舉歐陽修的長詩就是一個例子。其實不只是長詩，在今體的短詩裡，往往也有同樣的態度。這裡，不妨從陸游的無數的七言律詩裡引出一首。這是他在四川成都市做官時的作品，題爲〈乾明院觀畫〉：

唐年蘭若占閑坊，名畫蕭條半在亡。
簌簌疎篁常似雨，陰陰古屋自生涼。
入門疊鼓初催講，喚馬斜陽欲滿廊。
顯晦熟思眞有數，萬金奇跡棄頹牆。

此詩作於淳熙四年（一一七七），秋某日。「蘭若」，梵語阿蘭若之略，僧人所居的寺院。「閑坊」，清靜的街道。「蕭條」，寂寥幽靜貌。在遊客稀少的庭院裡，只看到疎落的竹子迎風搖擺，發出彷彿下雨的聲音。一進那古老的寺院，裡面陰陰的，一股涼氣迎面衝來。剛進門的時候，才聽到連續的鼓聲正催著僧人去參佛講經；但看完了壁畫，走到外面叫僕人牽馬過來時，斜陽已差不多滿滿地照著迴廊了。「數」是命運。「奇跡」指名畫。仔細地想了想之後，才了解世上種種事物，的確各有各的或顯或晦的命運。要不然，那原來價值萬金的名畫，今天怎會如此不受重視，被遺棄在頹敗的牆上！這首詩固然以感慨的語氣作結，但除了結句之外，全用敘述的手法，寫出了熱鬧的成都市裡一個被冷落的寺院、寺院牆上被置之度外的古畫、僧侶們清淡蕭索的護法生涯——陸游把這整個寺院的氣氛，以及他自己留連半日的感觸，表現得淋漓盡致。

關於宋代詩人多產的傾向，與他們喜歡敘述的心理也不無關係。如上所說，宋代詩人而留下一千首以上的並不稀奇，毋寧說是正常的現象。這可能是由於他們把所見所聞的外在事物，盡量毫無遺漏地用詩來加以敘述的結果。宋人之所以多產，這當然不是唯一的原因。此外，如詩的贈答變成了表達友誼的主要形式；又如梅堯臣那樣，歐陽修說他常受他人之託而作詩，無疑的也都是促成多產的因素。儘管如此，他們卻捨不得那些應酬或代作的詩，總是盡可能地收錄在各人的詩集裡，敝帚自珍，以致留下了大量的作品。宋人喜歡從多方面來觀察並反映現實的心理，由此亦可見其一端。

第四節　宋詩與日常生活

宋人的眼光在注視外在世界時，如在前節所說，並不局限於能給特別印象的事物。事實上，他們對極不特殊的事物也發生了莫大的興趣。一言以蔽之，就是對日常生活的注意觀察。譬如說，從前詩人加以忽略或視而不見的日常瑣務，或者，雖非故意忽略，只因爲司空見慣，被認爲過於普通平常而不能入詩的身邊雜事，宋人卻大量地積極地用做作詩的題材。結果，要是與從前的詩作一比較，宋詩就顯得更加接近日常的生活。

這一方面，最顯著的例子要算梅堯臣了。他同歐陽修是開創宋代新詩風的先驅。關於他的詩，留待下面討論(第二章第二節)。不過，在比他後起的詩人的詩裡，這種傾向也是相當顯著的。

這裡，先舉蘇軾的〈小兒〉詩來看看。

小兒不識愁，起坐牽我衣。
我欲嗔小兒，老妻勸兒癡。
兒癡君更甚，不樂愁何爲。
還坐愧此言，洗盞當我前。
大勝劉伶婦，區區爲酒錢。

小孩兒是不知道憂愁的。我想到書齋裡(或者想上衙門)去做點事，從坐墊上站起來時，小東西卻纏著我，拉住我的衣服，硬是不讓我走。我一生氣，正想罵他幾句，老伴兒反而慫恿他，使他更加頑皮；而且對我說：「你這個人呀，總以爲小孩兒糊塗不懂事兒，其實，你自己才是個眞正不懂事兒的老糊塗。有樂不會享，幹麼老是那麼愁眉苦臉的，有啥用呀？」聽她這麼一說，我只好再回到了座位，覺得慚愧得很。她於是洗好了酒杯，斟上了酒，放在我面前。據說從前晉朝的時候，劉伶的老婆每每捨不得買酒錢，禁止她丈夫喝酒。比較起來，我這個妻子的確好的多了。依據前人注釋，這首詩作於熙寧八年(一〇七五)。當時蘇軾四十歲，正在山東做密州的知州。他的兒子蘇過才四歲。

另外，從王安石的詩裡也可以舉出一例。這個在晚年發起所謂新法的政治改革，而與蘇軾在政見上水火不相容的大宰相，當他不遇的時代，也只不過是首都汴京裡的一個度支判官（相當於今日的財政部僚屬）。這首詩是酬答姻戚吳充〈月晦夜有感〉一詩而作的。在這裡王安石描寫了汴京晚上的氣氛，也談到了自己的生活。

夜雲不見天，況乃星與月。
蕭蕭暗塵定，坎坎寒更發。
樓歌客尚飲，酩酊不畏雪。
巷哭復有人，鄰風送幽咽。
紛然各所遇，悲喜孰優劣。
君方感莊周，浩蕩擺羈絏。
歸來亦置酒，玉指調絃撥。
獨我坐無爲，青燈對明滅。

「寒更」指冬夜報時的鼓。「坎坎」即鼓聲。寒冷欲雪的晚上，天上陰雲滿布，根本看不到星星或月亮。坎坎的鼓聲正在報告著冬夜的時刻。外面已無人影，靜悄悄的。可是在那邊酒樓上，卻還有人在飲酒作樂，「酩酊」大醉，放聲高歌，不把下雪放在心上。同時，從鄰近的巷子裡，也許哪一家死了人吧，傳來了「幽咽」的哭聲。天下人間，的確各有各的「紛然」不同的遭遇。你在你的詩裡說，你方才受到「莊周」莊子哲學的感應，看開了「悲喜」哀樂，不置優劣於其間；如乘風破浪，「浩蕩」無所牽掛，擺脫了一切人生的「羈絏」束縛；從衙門回到家門，就藉酒消遣，調撥琴絃，多麼逍遙自在。然而你可知道，那天晚上，我卻什麼也沒作，只是對著「明滅」閃爍的青燈，孤零零地坐著，胡思亂想，直到深夜。

王安石這首詩所寫的是都市裡的日常生活。至於農村生活的敘述，在宋詩裡出現得更頻繁、更細緻。究其原因，可能與宋代詩人多半出身於鄉間，大有關聯。南宋的陸游就是個典型的例子，但關於他暫且不談（詳第五章第一節）。這裡先舉秦觀的一首詩，以見一斑。秦觀是蘇軾四大弟子之一，出身於江蘇省高郵縣的農村。他的〈田居四首〉，寫的就是北宋末年（十一世紀後半）他故鄉的四季風景。這裡只把第一首分段引述如下：

雞號四鄰起，結束赴中原。
戒婦預爲黍，呼兒隨掩門。

「結束」是穿上衣服。「中原」即田園之中。「黍」指中午飯盒的飯菜。農夫一大早出門的時候，吩咐妻子準備飯盒；又告訴兒子說，爸爸媽媽出門後，要馬上把門關上，乖乖地在家裡看家。

犁鋤帶晨景，道路更笑喧。
宿潦濯芒屨，野芳簪髻根。

犁耙鋤頭反射著朝陽的光輝，一家人熱熱鬧鬧，有說有笑地走在田間路上。昨夜雨後在路上留下的處處積水，霑濕了草鞋；妻子摘下了路邊的野花，插在自己的髮髻上面。這時，已經是明亮的早晨了。

薺色披宵靄，春空正鮮繁。
辛夷茂橫阜，錦雉嬌空園。

眼前一片山丘上長滿了辛夷；錦色的野雞在空蕩的田園裡，唱歌跳躍。不久，所有年輕力壯的都已成群結隊地下田工作了；只剩下些年事已高、氣力已衰的老人，還在家像貓頭鷹似地蹲著，安靜地度著他們的餘年。

少壯已雲趨，伶俜尚鴟蹲。
蟹黃經雨潤，野馬從風奔。

這裡的「蟹黃」不知何物，願待博雅之教。「野馬」即游絲。

村落次第聚，隔塍致寒暄。
眷言月占好，努力競晨昏。

像這樣對日常生活的關切與興趣，固然是中國詩歌自古以來的傳統，如最早的《詩經》三百篇所詠的多半是日常的題材；又如六朝的陶淵明、唐朝的杜甫、白居易，也都有描寫自己家庭及身邊雜事的作品。但只有到了宋代，這方面的興趣才進入了最高潮，描寫的範圍和技巧也才達到了最廣最細的地步。

這一點也正說明了宋人，爲了要盡量反映多方面的現實，往往有先從日常或身邊物事入手的傾向。這種內在的願望當然是不能忽視的。不過，還有別的原因似乎也促進了這方面的發展。那就是在中國社會史上，宋朝是劃時代的階段，人們的生活環境已逐漸遠離古代，而慢慢地朝著我們現代改變了。

不遇時代的王安石，有〈省中〉絕句云：

大梁初雪滿城泥，一馬常瞻落日歸。
身世自知還自笑，悠悠三十九年非。

「大梁」即汴京。聽說這個首都以路壞出名。晴天則滿地塵埃；下雨下雪則到處泥濘。傍晚時分，在雪後的泥路上騎馬回家。（這跟現在下班後擠公共汽車，沒什麼不同。）一邊想著自己的「身世」遭遇，只有自己笑自己罷了。回顧過去三十九年的生命，無一是處，白白地浪費掉了。

當時的官吏，至少是任職於首都的官吏，與目前一樣，只靠薪俸是不大夠用的。秦觀得到蘇軾的提拔，入京做國史院編修官，但官俸有限，不足以維生。他有一次寫了一首絕句，送給住在附近的戶部尙書(相當於今日的財政部長)錢勰：

三年京國鬢如絲，又見新花發故枝。
日典春衣非爲酒，家貧食粥已多時。

錢勰看了詩後，據說送了二石米給他。「京國」即首都。剛過四十的秦觀，原來早已「鬢如絲」，白髮蒼蒼了。

再者，從地方被調到首都的公務員，爲了租房子，非得東奔西跑，辛苦一番不可。如蘇軾的中表兄弟而以畫竹出名的文同，由四川被調到首都後，找了好久，才好容易在西岡地區租到了一個房間。房東姓王，每月租金四千文。擺了床和傢俱之後，根本沒有多餘的空間。廁所廚房要跟鄰居共用。就這樣一家十人，擠在蝸牛殼裡似的，出出進進都得垂頭縮首，非常不便。夏天尤其悶熱不好受。文同有一首〈西岡僦居〉詩，寫的就是住在那裡的情形。其中有句云：「猶勝比鄰者，寒突晨無煙。」這是對他人說的。雖然房間小不方便，但看看鄰居的煙筒，連煮早飯的煙也沒有，實在也該心滿意足了。

又，中國農村的現實環境，從宋代開始，似乎也變得更加複雜。陸游詩裡有不少是反映這個新環境的。其他詩集也多少有同樣的傾向。這些詩集都是社會史或經濟史學者不可忽視的寶貴資料。蘇軾的詩弟子僧參寥，在一首題爲〈歸宗道中〉的五言長詩中，描寫了十一世紀後半江西省廬山腳下「邸店」的情形，就是個好的例子。所謂「邸店」，與近代中國農村的市集相似，是一種定期舉行的買賣百貨的地方。

第五節　宋詩的社會意識

宋人的興趣和眼界，其實並不限於家庭或周圍的切身之物之事。他們對人類大集團的社會或國家，也表現了空前深刻而強烈的關懷。

人是社會的動物，只能生存於人群之中，不能完全離群索居而獨善其身——這種連帶意識的提倡與重視，也是中國文學自古以來的傳統使命。最早的《詩經》、唐代詩人杜甫、白居易等，無不以社會之良心自期。不過，在唐朝及以前的詩裡，這種意識還是有限的，只有到了宋詩，尤其在大家的詩裡，才顯得普遍起來。宋代詩人而不作批判社會與政治之詩的，可說很少。

不用說，這是由於中國的人道主義，經過長期的培養之後，到了宋朝，終於達到了一個頂點的結果。在另一方面，有不少詩人出自市井或鄉間，對一般人民的生活知之甚詳，或身受其中甘苦，自然有所關懷。這一點可能也促進了社會意識的高漲。譬如說，蘇軾的家庭原在四川經營布莊，尚有些形跡可尋（見岩波書店《中國詩人選集二集》、小川環樹〈蘇軾上〉解說二頁）。這些出身於平民之間，苦讀而科舉及第，終於做了大官的詩人，如歐陽修、王安石、蘇軾等，當然更關心人民的福利，認為是政治家責無旁貸的緊要任務。

本書下章裡，將會引用更多的例子。所以這裡只舉一首王安石的詩，以見一斑。這首詩題為〈強起〉，可能也是他不遇時代某夜之作。

寒堂耿不寐，轆轆聞車聲。
不知誰家兒，先我霜上行。
歎息夜未央，呼燈置前楹。
推枕強欲起，問知星正明。
昧旦聖所勉，齊詩有雞鳴。
嗟予以竊食，更覺負平生。

在冬天寒冷的臥室裡，心事重重，不能入寐。當時的王安石，由於仁宗皇帝末年政治的沉滯不振，意氣已頗沮喪；加上夫人及孩子都生了病，爲了看護他們，經常過著失眠或無眠的晚上。忽然，聽到外面街上有「轆轆」的車聲。不知道是誰家的年輕小伙子，居然比我更早出門，已經在下了霜的路上奔馳著了。唉，天還沒亮，就得如此辛苦，實在令人感動歎息。我於是叫人拿燈過來放在床前几上；然後推開枕頭，正想強逼自己起床，但是一問時刻，才知道星星還正在天上閃耀著呢。其實，古代的聖賢總是勉勵自己「昧旦」天未明時，就要起來開始一天的工作。「齊詩」即《詩經》的〈齊風〉裡，不是有「雞鳴」詩讚賞早起勤勞的習慣嗎？然而能夠遵行這種美德的並不多，只有那些一大早就在外頭工作的年青人。至於我自己呢？像我這樣的人靠官俸爲生而一事無成，捫心自問，無異偷竊，眞是可悲可歎。當年爲國爲民的雄心壯志，如今安在？越想越覺得辜負了自己平生的政治理想，只有徒增惆悵而已。

第六節　宋詩的哲學性論理性

前面所提的宋詩的那些性質，用現代的話說，可以統稱為現實主義的傾向。

不過，宋詩的性質在別方面也可以看得出來。宋代詩人喜歡用詩的形式談論哲學道理。這個性質與上述現實主義的傾向是互有關聯的。宋人既然對人的現實具有濃厚的興趣，觀察的眼光也較前人更細更廣更深，自然會迫切地考慮到人是什麼、如何生存等問題。而且為了在詩中敘述哲理，往往論長論短，不避論理的用語；有的甚至連篇累牘，到了破壞詩之和諧的地步。過去的批評家所謂「以議論為詩」或「以理為詩」，指的就是這種傾向。

關於這一點，無疑的與宋代哲學的發達大有關係。如眾周知，從北宋周敦頤，經程顥、程頤兄弟，至南宋朱熹而完成的哲學體系，通稱「理學」、「道學」、「性理學」等，是通過對儒家經典再作解釋的形式，把中華民族傳統的思想，加以系統化而集大成的結果。當時，大詩人與大哲學家之間，有的彼此友好，有的互相對立。如蘇軾經常嘲笑二程子兄弟，屬於後者；而陸游之親近朱熹，則屬前者。無論如何，這是詩人也愛好哲學的時代。在這樣的風氣當中，有不少詩人除了文學上的成就之外，也在哲學方面有所建樹和貢獻。北宋的歐陽修、王安石、蘇軾、南宋的楊萬里等，都曾經作過儒家經典的注釋工作。其中蘇軾，及其弟子黃庭堅，更有參禪的工夫。

關於北宋第一詩人蘇軾與哲學的關係，容後再談（第三章第二節）。南宋第一詩人陸游，大概怕議論會使詩變得乾燥無味，所以盡量不談哲學。儘管如此，他還是有像下面那樣的作品。這首詩作於南宋孝宗乾道八年（一一七二），時陸游四十八歲，在四川任中。詩題為〈蟠龍瀑布〉，其實是借水說理。

遠望紛珠纓，近觀轉雷霆。
人言水出奇，意使行人驚。
人驚我何得，定非水之情。
水亦有何情，因物以賦形。
處高勢趨下，豈樂與石爭。
退之亦隘人，強言不平鳴。
古來賢達士，初亦願躬耕。
意氣或感激，邂逅成功名。

瀑布之為物，遠遠望去，像無數「珠纓」，即綴珠的綵縷，紛紛然飛墜下來；走近一看，只聽得轟轟隆隆的發出「雷霆」似的聲音。人們也許會說，這是水在炫奇出異，有意使過路的旅客吃驚。可是，即使人們眞的吃驚了，水一定自己想著：「這對我有什麼好處呢？」其實，瀑布之所以有此奇觀，絕對不是出自水本來的情懷。說起來，水本來就沒什麼情懷意識這類心理作用，只不過「因物」，由於外物或環境，而被賦與了某種形式而已。水因為處在高的地方，所以會向下流動，這是自然的趨勢，怎麼可以說有意與岩石一爭短長呢？「退之」，即唐朝韓愈，在〈送孟東野序〉一文裡，大談「物不得其平則鳴」的道理，可見他也是個心地見解狹隘的人，他的說法難免有牽強的地方。其實這個瀑布之所以發出雷霆似的吼叫，只是環境或外在情勢使然。人也是一樣的。古來賢達之士，他們本來都希望過「躬耕」自給的平靜生活，但有的偶爾動於人間「意氣」而感激奮發，因緣際會，終於建立了不朽的「功名」，偉大的事業。

如果拿陸游這首借水談哲理的詩，與蘇軾那首作於湖州而托風談哲理的詩（〈清風定何物〉），彼此對照著看，一定更有意思。宋人之好談哲學或道理，不僅見於古體長詩，在律詩或絕句裡也屢見不鮮。如蘇軾有名的〈題西林壁〉絕句，就是一例。

> 橫看成嶺側成峰，遠近高低無一同。
> 不識廬山眞面目，只緣身在此山中。

這是蘇軾假託廬山的認識論。

第七節　宋詩的人生觀——悲哀的揚棄

如上所述，宋詩的眼光是多方面的。大則環視社會問題，小則細察生活瑣事。又如前節所說，宋詩好談哲學道理，而且觀察人生及其周圍的世界情況時，喜從大處著眼。這是一種視界最爲開闊的達觀態度。這種達觀的態度產生了對人生的新看法。我以爲這才是宋詩最大的特性，也是與從前的詩最顯著的不同之處。

新的人生觀最大的特色是悲哀的揚棄。宋人認爲人生不一定是完全悲哀的，從而採取了揚棄悲哀的態度。過去的詩人由於感到人生充滿著悲哀，自然把悲哀當作詩歌的重要主題。只有到了宋朝，才算脫離了這種久來的習慣，而開創了一個新局面。

中國抒情詩所用的題材，重悲哀而輕歡樂，可說自古已然。《詩經》三百篇中，悲哀的詩就多於歡樂的詩。不過在《詩經》時代，人們尚未失去樂觀的態度，至少還相信人間的善意出於天性，只要堅持不移，終可以替個人及社會獲得或創造幸福。但自從漢代以後，特別是在六朝詩裡，開始認爲人生是絕望的、充滿著悲哀的存在，於是悲觀思想也就變成了詩的基調。當人們意識到人生的眇乎其小，感到對命運的支配無能爲力時，自然會產生絕望的情緒。再者，當人們覺察到人之一生，只不過是剎那的由生而死的頹廢過程時，面對著如此無可奈何的終極命運，絕望或悲哀之感會變得更加深刻而強烈。這並不是說，當時的文學與思想都清一色的那麼絕望、那麼悲哀。不過，至少在詩歌的領域裡，這種悲觀的人生觀，的確構成了普遍的底色。結果，詩中所詠，多半重絕望而輕希望、重不幸而輕幸福、重悲哀而輕歡樂。相沿既久，蹈常襲舊，終於變成了根深柢固的習慣。

這種習慣，即使到了唐詩，還沒完全改變過來。杜甫顯然有意恢復《詩經》的樂觀，李白也不例外。但儘管如此，這些唐代大詩人一時還是逃不出絕望的誘惑。如何從彷彿絕望的人生引出希望來，這種意念上的矛盾或糾葛，可以說產生並加強了唐詩的張力。唐人固然想從絕望裡救出人生而賦予希望，卻限於時代而未能達到解決這個課題的地步。不過也許可以這麼說，正因爲未能獲得完全的答案，在不斷的尋求過程中，反而能夠吐露出了熱情而動人的心聲。

解決這個課題的是宋代的詩人。遍覽宋詩，就會發覺到悲哀的作品並不算太多。或者，即使是吟詠悲哀的詩，也多半還暗示著某些希望，而很少悲哀到絕望的程度。宋人廣闊的視界，終於洞察了悲哀絕不代表人生的全部。這種新的積極的見解，如再經過哲學的驗證，也可以變成一種樂觀的信念。

這在中國文學史上，甚至在中國思想史上，可以說是一個重大的轉變；而蘇軾就是這個轉變過程的中堅詩人。簡言之，他把人生視爲長久的延續，視爲冷靜的挑戰過程。像這樣從容不迫的人生觀，也許只有博大的人格如蘇軾者才能水到渠成，化爲巨流。關於這一點，下面討論蘇軾時，我還想詳細地加以說明。不過在這裡，不妨先舉一首他的詩來作個例子。

蘇軾於哲宗元符三年(一一〇〇，亦即徽宗建中靖國元年)秋，獲得大赦，結束了三年的海南島流放生活，在北歸途中，順路訪問廣西藤州蒼梧江畔，作了一首五言古詩〈夜起對月〉，贈給一個邵姓道士。詩云：

江月照我心，江水洗我肝。
端如徑寸珠，墮此白玉盤。
我心本如此，月滿江不湍。
起舞者誰歟，莫作三人看。
嶠南瘴癘地，有此江月寒。
乃知天壤間，何人不清安。

床頭有白酒，盎如白露溥。
獨醉還獨醒，夜氣清漫漫。
仍呼邵道士，取琴月下彈。
相將乘一葉，夜下蒼梧灘。

開頭的墮在白玉盤上的徑寸眞珠，既是映在江水裡的月影，也指被江月淨化了的蘇軾的心。詩的意思是說，我的心本來就像滿月似的圓滿；又像大江那樣不起波浪，永遠保持著清涼的平靜。在這清靜的夜裡，是誰禁不住心中的快樂而正在手舞足蹈呢？別像李白那樣，孤零零地一個人「舉杯邀明月」，卻硬說是「對影成三人」。要跳舞，就大家一塊兒熱熱鬧鬧地跳吧，別提明月跟自己加上影子成三人的話。這裡固然是遠離中原而又隔著五嶺的南方瘴癘之地，但江裡的明月並無不同，依然是那麼皎潔那麼清涼。可見天地之間，好風景到處有，沒有「不清安」不幸福的人們。我的床頭就有一杯白酒，由於斟得太滿而漲得表面像一團圓圓的露珠一般。如果沒人喝，我就一個人喝個痛快，要醉要醒都無所謂；同時盡情享受一下這清爽涼快的漫漫長夜吧。對了，其實還是叫邵道士拿出琴來，在月下彈一會兒，也可以助助酒興，然後一塊兒乘一葉扁舟，趁著月光，划到蒼梧江急流處，好好地把夜景欣賞一番。

蘇軾這時雖然被赦，而且已在歸途之上，但政局仍然變幻莫測，對他並不見得完全有利。這一點他自己當然知道，不過他卻把個人的得失置之度外，而唱出了極爲樂觀的人生態度。在這方面，蘇軾與李白有點相似，而樂觀的程度則有過之而無不及。「乃知天壤間，何人不清安」，道出了他不但關心自己，而且關心人類全體的幸福平安。結句「夜下蒼梧灘」，可以讀作一種象徵的表現。蘇軾當時已經六十五歲，但仍有投身急流，冒險犯難，在翻雲覆雨的世界裡，創造一番功業的雄心與熱情。

人已顯得不是微小的存在了。至少不像從漢到唐的詩裡所了解的那樣微小了。也不僅是為命運所任意操縱而匆匆走向死亡的存在了。

這種樂觀的人生態度，與宋朝的哲學思想大概是有關係的。我自己對哲學史是個外行，但總覺得宋朝哲學家的命題之一是要恢復古代的樂觀主義。所謂古代的樂觀主義指儒家經典中的哲學而言，亦即強調人之使命過於人之命運的思想。宋代的哲學家邵雍，論年齡，是蘇軾的長輩。他同時也是個特異的詩人。其詩集《擊壤集》所吟詠的泰半是樂觀的哲學。試舉一首〈太平吟〉為例：

天下太平日，人生安樂時。
更逢花爛漫，爭忍不開眉。

又如集宋代哲學之大成的朱熹，一方面也是詩人兼文學批評家。他固然對杜甫詩表示了相當的尊敬，但其〈跋杜工部同谷七歌〉卻說：

杜陵此歌，豪宕奇崛，詩流少及之者。顧其卒章歎老嗟卑，則志亦陋矣。人可以不聞道哉！（《晦庵先生朱文公文集》卷三十五）

顯然對杜甫的「歎老嗟卑」，即悲哀消極的人生觀，頗多不滿，而歸其原因於「不聞道」。朱子在這裡所說的「道」，似乎可以說是一種不以人生為眇小存在的原理。

第八節　唐詩與宋詩

以上所述宋詩的諸性質，與唐詩的性質作一比較，就會顯出許多恰成對比的地方。這一點，其實在宋朝末年已經有人注意到了。嚴羽的《滄浪詩話》就是一例(詳見第六章第六節)。宋以後，從元到清的中國詩的發展，可以說不外乎一部或追蹤唐詩或祖述宋詩的歷史。

唐詩與宋詩的確有所不同。如想辨明兩者各別的性質，最好是用互相比較的方法。

唐詩的敘述性，如前所述，固已見於杜甫、韓愈、白居易等詩人的作品；但卻不像宋詩那樣普遍。另一方面，宋詩中詩人視為義不容辭的社會連帶意識，固亦如前所述，源出於唐代的杜甫、白居易；但在唐代，還談不上所有詩人都有這種義務觀念。事實上，唐代的多數詩人，尤其是平凡的詩人，依然吟詠花鳥風月，殊少關心社會的作品。宋詩則不然。從而唐詩與日常生活的關係，就顯得不如宋詩的密切。雖說杜甫、韓愈、白居易確多反映唐代現實之作，但即使讀了大詩人杜甫的詩，讀者所能獲得的唐人家庭生活、都市生活、或農民生活的消息，還是不如讀宋代小詩人的詩那樣，反而能了解更多更詳細的宋人種種現實生活的情形。譬如前舉秦觀的〈田園四首〉之一，就是宋詩的描寫農村生活的好例。然而秦觀無論如何算不得是個大詩人。再者，唐詩極少涉及哲學問題。這並不表示著唐人缺乏哲學思想。例如杜甫的名句：「易識浮生理，難教一物違」(〈秋野〉），就是他自己深思熟慮而後達到的哲學境界，而且這個企望世界萬物皆能和諧的心願，的確始終構成了杜甫詩的基礎。但杜甫卻很少如此直接明白地表現他的思想。他只想利用詩來作哲學的象徵。反之，宋人則明顯地、直接地、絮絮叨叨地大量談起哲學來。

從上面各點，已經可以看出唐詩與宋詩之間的對比關係了。但是此外還有更微妙的，從而更值得重視的差別，表現在兩者處理或對付悲哀的態度上面。

前節說過，宋詩是揚棄悲哀的，但唐詩不但不揚棄悲哀，反而充滿著悲哀。即使像杜甫那樣有意擺脫悲哀的詩人，也難免落得個「一生愁」。至於晚唐詩人更不用說了；他們往往只寫悲哀，或甚至只寫絕望，彷彿別無可以入詩的題材似的。

杜牧是晚唐詩人的代表之一。他在安徽池州刺史任內，有一個重陽節，作了一首七律〈九日齊山登高〉，可以拿來作唐代絕望詩的好例。全詩如下：

江涵秋影雁初飛，與客攜壺上翠微。
人世難逢開口笑，菊花須插滿頭歸。
但將酩酊酬佳節，不用登臨怨落暉。
古往今來只如此，牛山何必獨沾衣。

欣逢重陽佳節，原該快樂才是，但詩人卻借酒澆愁，只想「酩酊」大醉一番；對著落日，又無端感懷身世，悲歎日月之易逝，竟至有點後悔跟人家登山臨水，附庸風雅。人生世上，古往今來，根本談不上有什麼值得開口一笑的樂事。《晏子春秋》（卷一）有段故事說：「景公遊於牛山北，臨其國城而流涕曰：『若何滂滂去此而死乎？』」其實悲哀淚落的豈獨他一人！人的歷史，歸根結柢，也不過是絕望的無限延續罷了。

像這樣的詩在宋代是很難找到的。這裡不妨舉一首宋詩來作個比較。蘇軾四大弟子之一的陳師道，也有一首〈九日登高〉七言律詩，作於江蘇徐州。當時他還是個書生的身分。詩云：

平林廣野騎臺荒，山寺鳴鐘報夕陽。
人事自生今日意，寒花只作去年香。
巾欹更覺霜侵鬢，語妙何妨石作腸。
落木無邊江不盡，此身此日更須忙。

「騎臺」即項羽「戲馬臺」，為徐州古蹟。騎臺的荒廢令人聯想到歷史時間的久長。而山寺的鳴鐘在夕陽西下時，也報著一日又將過去的消息。但不同於杜牧的是陳師道的心情，並不因此而陷於悲哀之中。在日日忙碌的人生裡，一日是一日，今日自有今日的意義。固然可能有不愉快的事故而引起不愉快的感覺，但新的愉快的感覺總會再來的。人生到底不像耐寒的菊花，只會年年花開花謝，今年重複去年的花香，永遠徒事無意義的循環。這一聯彷彿在強調著人類對自己的優越感。唐代詩人則不同，他們每對自然之悠久，往往感歎人生之瞬息，表現出消極的態度。

其次在頸聯裡，詩人自謂，他從被風吹歪了的頭巾下面，發現自己已進入長了白髮的年齡。但是，也許正因爲意識到時間的推移，詩人更想以鐵石心腸來抗拒環境，向人生挑戰。用鐵石心腸這樣的表現入詩，或許有人會認爲不倫不類，殊少風致；其實並不妨礙詩意，反而顯得其妙無窮。

末聯的「落木」云云一句，顯然出自杜甫的〈登高〉：「無邊落木蕭蕭下，不盡長江滾滾來。」不過，杜甫是用無邊而不盡的落葉流水來比喻宇宙的永恆推移，藉以反襯人生之短暫而易老的悲哀。陳師道則不然。他雖然利用了杜甫的句子，卻接著說：「此身此日更須忙。」似乎要表明自己既生而爲人，便不能與整然悠然而推移的自然相提並論；不得不愛惜分陰，把今日應作的事在今日之內加以完成，即使再忙再不愉快，也得想辦法忍受這個人生的一切，甚至積極地去尋求滿足和快樂。這首詩所表現的當然不能說是完全向前瞻望的心境，但也沒對未來閉上了眼睛。這一點與前舉杜牧詩的態度正好相反。

漢魏六朝以來，中國詩的基調是推移的悲哀，即意識到人生是匆匆走向死亡的一個頹敗過程而引起的無可奈何的感情。唐詩之所以富於悲哀絕望，就是繼承了這個過去的傳統。杜牧的「古往今來只如此」，可說是個極端的例子。這種傾向，唐諸大家亦不能免。如李白云：「棄我棄者昨日之日不可留；亂我心者今日之日多煩憂。」（〈宣州謝眺樓餞別校書叔雲〉）杜甫也說：「今春看又過。」（〈絕句〉）

正因爲如此，唐詩顯得如火中焚，緊湊而激烈。簡言之，在匆匆趨向死亡的人生過程中，詩人作詩只能抓住貴重的瞬間，加以凝視而注入感情，使感情凝聚、噴出、爆發。詩人所凝視的只是對象的頂點。這是唐詩之所以顯得激烈的原因。唐詩是凝縮而簡鍊的，但視界的幅度卻因而受到了限制。

宋詩則不然。宋詩以人生爲長久的延續，而且對這長久的人生具有多方面的興趣，具有廣闊的視界。詩人的眼睛不只盯住在產生詩的瞬間，也不只凝視著對象的頂點。他們的視線廣泛地環望四周，因此顯得冷靜而從容不迫。至少這是宋詩的基本色彩。

激烈與冷靜、緊湊與從容的對比，可以說最能顯出唐詩與宋詩的差別。蘇軾佳作〈寒食雨二首〉之一，可以代表宋詩的冷靜從容的態度：

自我來黃州，已過三寒食。
年年欲惜春，春去不容惜。
今年又苦雨，兩月秋蕭瑟。
臥聞海棠花，泥汙燕脂雪。
暗中偷負去，夜半眞有力。
何殊病少年，病起頭已白。

這首詩作於神宗元豐五年（一〇八二）的寒食節，蘇軾當時四十七歲，屈指一算，被流放到湖北黃州已進入了第三年，類似日本菅原道眞（八四五—九〇三）謫居太宰府的境遇，生活絕不是愉快的。然而詩中所表現的卻是冷靜而從容的心境。

詩一開始，就明寫謫居黃州以後，不知不覺間已過了三個春天；點出日月的飛速。接著寫今年如往年，又是淫雨綿綿，已有兩月；雖是春天而似有秋意。詩人臥在床上，外面風雨蕭瑟，通過聽覺，注意「聞」著，其實是想像著海棠花，被雨泥汙成像「燕脂雪」的光景。於是忽然聯想起莊子的哲學來。〈大宗師〉篇說：「藏舟於壑，藏山於澤，謂之固矣，然夜半有力者負之而走，昧者不知也。」海棠花在夜半爲雨泥沾汙頹敗，如同被「有力者」暗中偷竊而去。視之人生亦然。由於時間的推移而引起的頹敗作用，雖然從不間斷，但當夜半人在睡覺、渾忘推移的時候，最能發揮空空兒妙手，使人失去時間、減短生命而一無所知。正如一個長期臥病的少年，一旦病愈起床，卻看到鏡中的自己已是白髮蒼蒼的老人了。在這最後兩行裡，蘇軾藉著臥病少年的比喻，又把他的哲學擴大並提升到更高的層次。

這種新穎的哲學只能產生於冷靜的心境。「年年欲惜春，春去不容惜」的新穎的感想，亦復如是。乍見之下，這兩句的題材也是人生與時間推移的關係，依然離不開自漢至唐詩人最好吟詠的老主題。但細看之後，就可以發現蘇軾在處理這個陳舊的主題時，卻能夠從新的觀點賦予前人詩中所無的新的意義。換句話說，他在冷靜的基調上，從事新的觀察，而根據這些觀察的結果，建立了他一己的哲學思想。

唐詩中也有不少歎息落花之作。爲了比較，且舉孟浩然有名的絕句〈春曉〉如下：

春眠不覺曉，處處聞啼鳥。
夜來風雨聲，花落知多少。

就唐詩而言，算是屬於心境冷靜一類。時間也是從昨夜風雨到今晚。但詩裡並沒有哲學。至少在表面上看不出有什麼哲學的思維。

唐詩中也有不少惜春的詩。例如賈島的〈三月晦日〉，這是一首贈友人的七言絕句：

三月正當三十日，風光別我苦吟身。
共君今夜不須睡，未到曉鐘猶是春。

小詩人賈島在這首詩裡所表現的感情，還談不上熱烈到燃燒的地步。但惜春的焦思卻凝縮而集中在一個瞬間、一個頂點，那就是春季最後一天的舊曆三月三十日——尤其是這一天的晚上；而且爲了惜春已「苦吟」終宵，更無暇放眼環顧，考察一下人生的種種現象。前舉蘇軾的〈寒食雨〉詩，則大異其趣。蘇軾的惜春之思不集中在一點，而是包括了三個春天，年年如此。時間幅度一寬，感情就顯得從容不迫，就顯得不那麼急躁了。

南宋大詩人陸游，較之北宋大詩人蘇軾，就有喜愛熱情與悲哀的傾向。他不滿於當代過度冷靜、缺乏熱情的詩風，而有意恢復唐詩的凝縮簡鍊來加以糾正。不過儘管如此，陸游詩還是與唐詩不同。爲了說明這一點，最有趣的例子是他的〈梅花絕句〉六首中的一首。此詩作於寧宗嘉泰二年(一二〇二)春，時詩人七十八歲。

聞道梅花坼曉風，雪堆遍滿四山中。
何方可化身千億，一樹梅花一放翁。

「放翁」是陸游的號。詩中「化身千億」的意象，其實並非陸游的獨創，是有來歷的；出自柳宗元作於謫居地廣西永州的一首絕句，題爲〈與浩初上人同看山寄京華親故〉：

海畔尖山似劍鋩，秋來處處割愁腸。
若爲化得身千億，散上峰頭望故鄉。

上面這兩首詩都道出了「化身千億」的心願。但是，唐詩利用這個意象表達了凝縮的、強烈的、心如刀割的悲痛——把自己成千成億的分身，分別放到無數的尖銳似劍鋩的峰頭上，以便遙望遠在中原的故鄉。宋詩卻表示願意讓自己成千成億的分身，分別玩賞梅樹上成千成億的梅花，暗示著寧靜安祥的境界。

第九節　寧靜的追求

前節提到的寧靜安祥的心境，可說是宋詩重要的基調之一，也是宋代詩人有意追求的一種詩境。宋代早期詩人梅堯臣，就以「平淡」爲作詩的目標，而且常在詩中明白說出來。例如〈讀邵不疑學士詩卷〉說：

作詩無古今，唯造平淡難。

「平淡」即平靜淡遠、寧靜安祥之謂。

過去的詩，特別是唐人的詩，頗多富於熱情，尤好悲哀，或甚至於無病呻吟，流於陳腔爛調，顯得有些幼稚。宋詩之所以追求寧靜，也可以說是對這種傾向的消極反抗。不過，宋人意中卻有更積極的目的。他們企圖培養寧靜的心境，以便超然地、周詳地、細膩地觀察、理解並表現變化多端的世態人情。至少就梅堯臣而言，這是他服膺終生的作詩理想。他的詩友歐陽修爲他所寫的墓誌銘裡說：

> 其初喜爲清麗、閑肆、平淡。久則涵演深遠，間亦琢刻，以出怪巧。（〈梅聖俞墓誌銘〉）

「清麗」與「閑肆」，可說是「平淡」的引申。「涵演」指內容的深度和寬度。「琢刻」是琱琢刻畫，言技巧之精益求精。「怪巧」是特異巧妙，言作品之不同尋常。由此看來，梅堯臣的寧靜並不是純粹的寧靜，而是藏著熱情的淡淡的延續。爲了從事仔細的觀察，不得不用冷靜的態度，只好把熱情冰凍起來置之心中深處了。

這種寧靜的心境，或再加上論道說理，有時難免會減少或破壞詩中的抒情意味。歐陽修在〈水谷夜行寄子美聖俞〉中，有一段批評梅堯臣(聖俞)的詩說：

> 梅翁事清切，石齒漱寒瀨。

作詩三十年，視我猶後輩。
文詞愈清新，心意雖老大。
譬如妖韶女，老自有餘態。
近詩尤古硬，咀嚼苦難嘬。
初如食橄欖，其味久愈在。

重要的是「譬如妖韶女」以下。「妖韶」是妖嬈艷麗。梅詩的美並不是少女的「妖韶」之美，而是佳人老後風韻猶存的美。又如橄欖，初嚐時堅硬苦澀，但嚼之既久，其味自生，不是一下子就能知道他的好處的。

寧靜其表而熱情其中，正是宋詩一般的性質。有人以「澀」字形容宋詩，就是這個道理。宋詩的確有澀味，雖然不能說沒有甜味，但至少不是立刻可以領會的甜味。

如果再作比較，唐詩是酒，是很容易令人興奮的東西。不能晝夜不停地喝。宋詩是茶，茶雖然不能像酒那樣令人興奮，卻能給人以寧靜的喜悅。其實，這並不只是單純的比喻。飲茶的詩，只有到了宋蘇軾、陸游才多了起來，在唐詩裡還是很少。宋人當然也喝酒，那是不用說的。但宋人喝茶喝得比唐人多的多，卻是不容置疑的事實（參照青木正兒《中華茶書》，春秋社）。

唐人嗜酒而宋人好茶，不僅是實在的生活習慣，不僅代表著唐詩與宋詩的不同風味；而且也表示著唐宋兩代文明一般的差異。唐人專心致意於文學；宋人則在文學之外，又兼顧哲學，雙管齊下。如此態度上的轉變，對於整個中國文明的發展新方向，可以說產生了決定性的影響。即使在小小的事物上，也有形跡可尋。如唐代的陶器以三彩爲主；宋代的則多爲青磁白磁。至於建築及庭園設計，兩代之間也頗不同。宋朝哲學家兼文明批評家朱熹，早已注意到這一點。根據他的觀察比較，唐「殿庭」間種花柳，故杜詩云：「香飄合殿春風轉，花覆千官淑景移。」（〈紫宸殿退朝口號〉）又云：「退朝花底散，歸院柳條迷。」（〈晚出左掖〉）但「國朝」即宋朝則大異其趣，「惟植槐楸，鬱然有嚴毅氣象。」（《朱子語類》卷一二八）。

第十節　宋詩的表現法

在第二節裡說過，如果不算新起的「詞」，就詩體而言，宋詩完全繼承了唐詩，所以只有古詩、律詩、絕句三種形式，別無新樣。而且，由於宋人喜歡敘述和說理，他們往往有意迴避格律嚴整的律詩絕句，或甚至於有愛用韻律比較自由的古詩的傾向。

要之，宋詩所有的詩體無非襲自唐詩。但宋詩畢竟不是唐詩，兩者之間的對比或差別，已如前述。此外，宋詩還有一個特徵，見於詩中用語及其表現方式。這裡不妨就這一方面，再拿唐詩來作個比較。

唐詩繼承了詞藻華麗的六朝詩風，因此在表現上還是屬於所謂「美文」一派。這是不難說明的。最講究格律技巧的律詩之所以成立於唐代；尤其最偉大的詩人杜甫之所以特別熱衷於律詩，使之臻於圓熟完美的境界，這些事實都足以爲唐詩注重純美表現的最好佐證。的確，唐詩的詞藻，自杜甫、李白以下，平常都偏於鋪張華麗。韓愈的險怪詰屈，白居易的平易近人，毋寧說是少數孤立的例外。

宋詩則反之，往往避免流於華麗，或至於故意積極地棄華麗而求質實。即使是前人認爲足以破壞詩境的表現，宋人也盡量地加以利用。譬如過去只用於散文而不適於詩歌的詞彙，宋人反而積極地用於詩中。他們之所以如此這般的寫法，大概是有意讓讀者感到意外的阻力，藉以收到更有效的衝擊作用。

這樣的用語或表現法，稱之爲「硬語」。所謂「硬語」原是韓愈批評自己的詩時所用的話；但到了宋詩，「硬語」就到處氾濫，俯拾皆是了。「硬語」給人的印象，不是柔軟的，而是硬直的。如果加上形容詞，就有「橫空硬語」、「盤空硬語」等說法。由於不容易找到確切的實例，這裡最好略而不舉。蘇軾的大弟子黃庭堅，被認爲是好用「硬語」的詩人。又如前舉歐陽修評梅堯臣的話：「近詩尤古硬。」大概也是指詩中的用語說的。

再者，宋詩中所用的俗語口語也比唐詩多的多。在這一方面，最有名的是南宋大家楊萬里的詩。所謂俗語口語，給人的應該是一種柔軟的印象，彷彿與「硬語」癖互相矛盾；其實不然。何則？因爲在常識上，俗語口語原是不能入詩的詞彙，以此推之，也屬於一種「硬語」。周紫芝《竹坡詩話》云：「李端叔(之儀)嘗爲余言，東坡云：『街談市語，皆可入詩，但要人鎔化耳。』」

關於宋詩的表現法，「次韻」詩之多也是引人注目的現象。所謂「次韻」，就是根據已經存在的詩的韻腳來作詩。例如蘇軾任杭州通判時所作〈望海樓晚景五絕〉之三：

青山斷處塔層層，隔岸人家喚欲譍。

江山大風晚來急，爲傳鐘鼓到西興。

其弟蘇轍看了之後，也作了一首：

樓觀爭高不計層，嗢嗢過雁自相譍。
錢王舊業依稀在，歲久無人話廢興。

簡言之，蘇轍利用蘇軾原詩的韻腳：層、譍、興，作了一首含意不同的詩。這就是「次韻」，又叫作「和韻」。

「次韻」之作並不限於律詩絕句，有時也施之於長篇古體詩。因此，如果原詩有四十行二十韻，那麼，「次韻」之作就非用二十個同樣的韻腳放在同樣的地方不可。這樣的作詩方法，固然有點類似塡字遊戲，但中國文字本身似乎具有促進這種技巧的性質，實際上嘗試一下，就知道不如想像那麼困難。唐朝的元稹與白居易就常常「次韻」彼此的詩。到了宋朝，「次韻」詩是朋友之間贈答的重要形式，最爲盛行。王安石曾經爲其政敵蘇軾的詠雪詩所感動，次其韻而作詩，至於六次之多。像這樣用同樣的韻腳重複作詩，叫作「疊韻」。王安石的情形就是六疊韻。

自己「次韻」自己的詩，也是一種「疊韻」。蘇軾於神宗元豐二年（一〇七九）七月，以誹謗朝政罪被捕下御史臺獄，自期必死，作〈獄中寄子由〉律詩二首，其一以春、身、人、神、因爲韻腳。同年年末獲釋，作〈出獄次前韻〉，所用韻腳完全相同。蘇軾在兩種相反的心境下寫的詩，卻故意使用同樣的韻腳，或者可以當作他的哲學的一種表現，即浮沉者自浮沉，不變者自不變的思想。關於這兩首詩，以後專論蘇軾時再作介紹(第三章第二節)。

「次韻」也時有用古人之詩的例子。最有名的是蘇軾〈和陶詩〉一百多首，就是「次韻」陶淵明全部詩集的作品。可是這種情形並不普遍。蘇軾「次韻」古人之詩的例子也等以後再徵引討論(第三章第二節)。

宋人還有一種發明，就是「集句」。這是從古人的詩中，特別是從唐人的詩中，選出合適的句子綴合而成，當作自己的作品。北宋倡行變法革新的政治家王安石，一般認為是「集句」詩的創始者；而南宋亡國之際抗元領袖文天祥，則是愛好「集句」的能手。關於王安石，沈括《夢溪筆談》(卷十四)提到他曾集古人的「風定花猶落」與「鳥鳴山更幽」為對句。《滄浪詩話》亦云：「集句惟荊公最長，『胡笳十八拍』，渾然天成，絕無痕跡，如蔡文姬肺肝間流出。」(其集句見於《王文公文集》卷七十九與八十)。至於文天祥，最喜歡集杜詩，容後再談。(見《元明詩概說》第二章第二節)

第十一節　宋詩在詩史上的意義

據上所述，可知宋詩在中國詩史上，代表著發展的新方向。像宋詩那樣重視敘述，好談義理，關切日常生活，以及富於社會意識的傾向，不要說早期的中國詩，即使在唐詩裡也是少見的。

不過，在另一方面，過去的詩裡也不是完全沒有這些傾向的可能性；而且時代越下，這些潛在的傾向越見成熟，越有含苞待放的徵象。如此看來，宋詩的種種特色並非突如其來，只能說是把過去醞釀已久的可能性，充分地加以體現出來而已。前面已經多次提到，在唐詩裡，特別在杜甫、韓愈、白居易的詩裡，已多少含有敘述性、論理性，以及對日常生活的關切和社會的連帶意識。因此，就這方面來看，宋詩固然顯得與唐詩正成對比，其實也可以說是唐詩的一種延續。中國最早的《詩經》包括「風」與「雅」兩個重要部分。「風」是抒情的民間歌謠；「雅」是諷喻的政治詩篇，這是眾所周知的。如果說唐詩是「風」的子孫，那麼，宋詩就是「雅」的後代了。

關於這一點，宋代詩人並不是沒有自覺的。的確，他們有意識地發掘過去，找出足供模範的詩人來，加以觀摩、加以發揚光大。他們把過去文學中局部而偶然的傾向，積極地倡導推動，變成了自己時代的全面而普遍的特徵，可說盡了繼往開來的任務。

宋人心中的模範詩人以杜甫爲第一。終唐之世，杜甫在詩史上的地位一直沒有十分確定。宋初亦然。只有到了北宋中期以後，大詩人如王安石、蘇軾、黃庭堅、陸游等，相繼從批評家的觀點大加推崇，又在各自的實際創作中，刻意加以仿效追隨，才終於在中國文學史上，鞏固了詩聖杜甫的崇高地位，以至今日。因此，在某種意義上，宋詩的發展是一部認識杜甫、追隨杜甫的歷史。

杜甫之外，其次宋人所崇仰的唐代詩人是韓愈、是白居易。尤其是韓愈的詩，以其在唐人中最不重華麗而更受讚賞。歐陽修首先重新認識了韓愈詩的價值，加以提倡和效法，可以說是宋代新詩風的開端(見第二章第一節)。蘇軾、楊萬里等，對於李白詩的意義，似乎也有所重視，但我還沒有肯定的證據作確切的說明。

唐代以前的詩人中，宋人最崇敬的首推陶淵明。今日我們對陶詩的認識與評價，有賴於宋人的發現與判斷之處甚多。在這方面，蘇軾的貢獻最爲顯著；哲學家朱熹也發表了不少重要的見解。

如此看來，宋詩的確可說是過去的繼承者。特別是從互相對比的唐詩，宋詩不但繼承了古詩、律詩、絕句的詩體，而且在內容方面也頗有承前啓後的關係。

然而儘管如此，宋詩畢竟不同於從來的詩。最顯著的差別表現在對悲哀的態度上。自漢魏六朝以來，一般詩人，包括唐杜甫在內，一直無意或無法擺脫的悲哀，到了宋代，卻由蘇軾領先帶頭，終於從悲哀的控制下把詩解放了出來。這就是宋詩之所以不同的地方。

要闡明這種差異，最好是拿杜甫的詩，與追隨杜甫的宋人之詩作個比較。王安石、黃庭堅、陸游等人，雖然仿效了杜甫的眞摯，卻放棄了杜甫的絕望。又如次章所述，除開北宋初過渡期一度追隨晚唐詩的悲哀不算之外，到了南宋末年又有仰慕晚唐詩的趨勢，但當時詩人所追求的是晚唐詩的纖巧細膩的筆致，不是悲哀絕望的心境。因爲悲哀的傳統到那時已被隔絕了。

這種揚棄悲哀的態度，從此就一直支配著後代的人。我在前面曾經說過，元、明、清的詩人，或尊重唐詩，或尊重宋詩，因人因時而各有偏好，但平均說來，祖述唐詩者居多。的確，宋代本身，特別在其末年，已有敬遠宋詩而接近唐詩的跡象。如果想找完全追隨宋詩的時期，恐怕非得等到清朝末年不可。不過，不管元、明、清各代詩人有意或無意追隨宋詩，大致說來，他們都與宋人有一共同的特色，就是不像唐代及以前的詩人那樣歌詠悲哀。這是什麼緣故呢？明代李夢陽等所謂「明七子」，批評宋詩「以理爲詩」而大加貶抑，孜孜矻矻以模仿唐詩爲務，但在他們的詩裡也很少悲哀的感情。歸根結柢，這是因爲唐代及以前的固執於悲哀的習慣，在這些詩人出現的時代，早已被宋人加以除掉了。

本來也應該順便談一談宋詩對日本文學的影響，只是我自己在這方面所知有限，覺得下筆為難。如果強作解人的話，我只能說，京都御所紫宸殿左櫻右橘的配置，大概是模仿唐代宮廷的遺跡。平安朝(七九四—一一八五)的貴族所親近的詩人是唐朝的白居易。宋代建築與庭園的影響，開始見於室町時代(一三三三—一五六八)的五山禪寺；同時，蘇軾、黃庭堅等人的詩，也開始在五山詩僧之間流行起來。這些詩僧固然也讀唐詩，但他們所推崇的唐詩，卻是像「三體詩」之類由宋人，特別是南宋評家所選的集子。江戶中期，荻生徂徠(一六六六—一七二八)受「明七子」的影響，主張復古，提倡典型的唐詩。但到了江戶末葉，山本北山(一七五二—一八一二)等人，起而反抗徂徠，大大地鼓吹南宋之詩。關於這些影響關係，只有讓日本文學家或比較文學家去作詳細的研究了。

第十二節　宋詩中的自然

最後，談一談宋詩所表現的自然。宋詩是對於人之世界具有濃厚興趣的詩。或許正因為如此，宋詩對於吟詠自然，顯得既不熱心，又乏善可陳。

宋代以前，在中國曾經出現過一些偏於描寫自然，特別是詠歎自然之美的詩人。如六朝有謝靈運，唐朝有王維、孟浩然、韋應物、柳宗元等。可是在宋朝，像這樣的「山水詩人」已不存在了。

再者，在唐詩裡，尤其在律詩之中，即使在描寫人世的事情，也常點出自然風景來調和或反襯人類感情，藉以產生更大的感動作用。杜甫的律詩泰半屬於此類，例如〈江亭〉的：

水流心不競，雲在意俱遲。

又如〈返照〉的：

返照入江翻石壁，歸雲擁樹失山村。

及至晚唐，這種手法往往流於形式主義，如杜牧〈題宣州開元寺水閣閣下宛溪夾溪居人〉的：

深秋簾幕千家雨，落日樓臺一笛風。

或許渾〈咸陽城東樓〉的：

溪雲初起日沈閣，山雨欲來風滿樓。

唐詩的這種技巧，在南宋詩裡曾經一度復活過（見第六章第六節）。但在北宋盛世諸大家的詩裡則不然。他們的律詩，全詩八行，往往只談人事而不及自然。北宋詩人梅堯臣說：「安取唐季二三子，區區物象磨窮年」，可以當作是一種宣言（詳第二章第二節）。

小川環樹博士曾經指出，宋詩常有把自然擬人化，或把自然風景引進人間世界的傾向。這也是宋詩有趣的特色之一。小川氏舉出蘇軾〈越州張中舍壽樂堂〉的：

青山偃蹇如高人，常時不肯入官府。
高人自與山有素，不待招邀滿庭戶。

以及其他資料來支持他的看法(見《蘇軾》上〈解說〉四，岩波書店)。其實，蘇軾更有名的詩句，如〈飲湖上初晴後雨二首〉之二的：

欲把西湖比西子，淡妝濃抹總相宜。

或者，王安石〈書湖陰先生壁二首〉之一的名句：

一水護田將絲繞，兩山排闥送青來。

也都可以說是擬人化的好例子。

此外，還有兩個自然現象也常在唐詩裡被用作引發感情的媒介。其一是夕陽，如杜甫〈江漢〉云：

落日心猶壯，秋風病欲蘇。

又如李商隱〈樂遊原〉云：

夕陽無限好，只是近黃昏。

其二是月，如杜甫的〈思家步月立清宵〉，又如李商隱的〈池光不受月〉。

然而，有趣的是在宋詩裡夕陽與月的出現，似乎不如唐詩那樣頻繁。即使出現了，譬如蘇軾〈遊金山寺〉詩中的夕陽，是用來作快樂的對象，不是作悲哀的媒介。這首詩說，由於「山僧苦留看落日」，只好留下來，結果所看到的是意外美麗的夕陽：

微風萬頃靴文細，斷霞半空魚尾赤。

這是一種賞心悅目、令人興奮的景色。至於明月，宋詩裡當然也常常出現。不過，也有像陸游那樣的詩人，雖然傳有約一萬首的詩，但正如南宋末批評家方回早已指出，詠月的作品卻很少（《瀛奎律髓》卷二十二）。

宋代詩人似乎比較喜歡雨。蘇軾就常在詩裡用「夜雨對床」之類的話，來表示渴望與其弟蘇轍重聚的心情。陸游也有不少提到雨的詩。他有一次談到作詩祕訣說：

語君白日飛昇法，正在焚香聽雨中。

夕陽是霎那的燃燒；雨聲是連綿的持續。這也暗示著唐宋詩的差異。

第一章 十世紀後半 北宋初過渡期

第一節 西崑體：晚唐詩的模仿

公元九六〇年，後周檢校太尉（約等於今之師長）趙匡胤，軍次現在開封北四十公里處的陳橋驛，被部下披上了黃袍，擁回京師，受後周之禪而登帝位，於是開始了三百多年的趙宋天下。只是宋代歷史的開始並不等於宋代詩風的開始。

宋詩之開始具有宋詩的特色，還得等到建國半個世紀之後，第四代皇帝仁宗的時期。在這半世紀裡，不但詩與一般文學，而且整個文化，都還在過渡或孕育的過程中。從初代太祖趙匡胤的治世（九六〇—九七六），經二代太宗（九七六—九九七），到三代眞宗（九九七—一〇二二），即大約從十世紀後半葉起到十一世紀的初頭，宋人還不能創出足以代表宋代的文化，依然權宜地追隨著前代大帝國唐朝的文化遺風，從事拙劣的模仿，繼續著時代錯誤的努力。

何以說是拙劣，是時代錯誤呢？因爲宋朝一開始，在政治、社會各方面，就具有不同於唐朝的制度與氣象。最大的不同是唐朝還存在著貴族，有人還能靠門第做大官；但在宋朝，貴族的存在與勢力就完全絕跡了。

例如輔佐太祖與太宗定天下的宰相趙普，據說原來是鄉村私塾的先生。又據吳處厚《青箱雜記》，太宗眞宗時三度入相的呂蒙正，原是極爲窮困的書生，看到有人賣瓜，想買而一文不名。湊巧有一個瓜掉在地上，他就撿起來吃了個大飽。後來中了狀元，做了宰相，衣錦還鄉時作的詩裡說：

洛陽謾道多才子，自歎遭逢似我稀。

同書裡又記有李巽的故事。這個屢困場屋，備嚐名落孫山之苦的窮書生，終於在太宗太平興國八年(九八三)進士及第，償了宿願，就寫了詩寄回故鄉報喜云：

爲報鄉閭親戚道，如今席帽已離身。

所謂「席帽」，大概是窮書生時代所戴的麥稭草帽。

類似的變化也發生在日本史上，就是在江戶時代變成明治時代的過渡時期。如宋代初期，明治初期也沒創出合乎新時代的新文化來。這是由於時機尚未成熟的結果。

在詩的世界裡，宋人繼續追蹤唐詩，尤其模仿晚唐詩，達半世紀之久。晚唐詩產生於貴族制度完全崩潰的前夕，因而頗有感傷頹廢、詞藻華美的傾向。

《西崑酬唱集》二卷可以代表北宋初期的詩風。這是眞宗景德年間（一〇〇四—一〇〇七），在首都汴京做官的十五個詩人的集子，共收二百四十七首詩。中心人物是楊億，字大年，謚文公（九六四—一〇二〇）。他與同僚刻意追摹晚唐詩人，特別是音節鏗鏘、詞采精麗而富於感傷色彩的李商隱詩。詩體也以七言律詩爲主。試舉楊億一首〈無題〉爲例：

巫陽歸夢隔千峰，辟惡香銷翠被空。
桂魄漸虧愁曉月，蕉心不展怨春風。
遙山黯黯眉長斂，一水盈盈語未通。
漫託鵾絃傳恨意，雲鬟日夕似飛蓬。

〈無題〉的標題就是李商隱的模仿。這並不是單純的沒有題目的意思。李商隱常常用「無題」來題情詩，特別是不幸的哀怨的情詩。楊億這首詩所寫的也是被棄女子的悲哀。「巫陽」即「巫山之陽」，爲宋玉〈高唐賦〉中神女所居之地，自古以來與色情故事時有關聯。昔日酒色沉迷的歡樂生涯，早已像過眼雲煙，即使在夢裡也隔著千山萬水，無論如何也追不回來了。「辟惡」是避魔之香。「銷」同消。避邪的香煙已經消滅，只剩下了冷灰；而翡翠被裡無人爲伴，更增空虛寂寞之感。「桂魄」即月亮由圓而漸缺，當指下弦之月。巫陽夢之不能再圓如明月之既缺，只有愁坐終宵，以至天明。像芭蕉心一樣重重裹住的焦灼的心情，即使在溫暖的春風裡，也舒展不開來，反而徒增怨恨。她那遠山含黛似的雙眉總是黯然顰蹙著；她那澄清如水的眼睛，渴望著與人說話，卻又無人在旁，只好欲語還休。「鵾絃」指琵琶之絃。無可奈何，姑且藉著琵琶來彈出心中的怨恨吧。她是那麼憔悴，憔悴得無心打扮，那頭雲鬢從早到晚都沒梳理過，顯得像一堆飛蓬似的。

如果只讀楊億這首詩，有人也許會受到某種程度的感動。其實，這完全是模仿兩百年前的李商隱詩的作品，毫無新意可言。既無創作新詩的野心，當然收不到獨出心裁的效果。他們這群詩人的詩通稱為「西崑體」。除了楊億之外，有劉筠、丁謂、張詠以及吳越王家後裔錢惟演等。下面且引李商隱的〈無題〉詩一首，以便參考：

來是空言去絕蹤，月斜樓上五更鐘。
夢為遠別啼難喚，書被催成墨未濃。
蠟照半籠金翡翠，麝薰微度繡芙蓉。
劉郎已恨蓬山遠，更隔蓬山一萬重。

第二節　林逋、寇準

楊億等人在忙著追摹晚唐詩的悲哀時，也有一些人正在紹述晚唐詩的另一特徵——安於狹窄生活的小境界。例如在野詩人魏野（九六〇—一〇一九）、潘閬兩人，就是屬於後者。魏野有〈書友人屋壁〉云：

洗硯魚呑墨，煮茶鶴迎煙。

潘閬〈夏日山寺〉云：

夜涼如有雨，院靜若無僧。

這兩聯被認爲是北宋初期的佳句，但表現的都是狹小的詩境。潘閬有一首表示寫詩態度的五言律詩〈敘吟〉云：

高吟見太平，不恥老無成。
髮任莖莖白，詩須字字清。
搜疑滄海竭，得恐鬼神驚。
此外非關念，人間萬事輕。

「搜」、「得」皆就詩而言。搜尋小巧玲瓏的妙句而果能得之，即使至於頭髮發白也是値得的。其他「人間萬事」都不足以引起他的關心。彷彿除了風花雪月之類，別無可以入詩的題材一般。

日本人自古以來所愛好的林逋，字君復，諡和靖先生（九六七—一〇二八），也是這類小詩人之一。他終生不娶，恬淡好古，隱居浙江杭州郊外西湖孤山，植梅養鶴，有「梅妻鶴子」之稱。他最有名的詩是〈山園小梅〉七律二首。下面引其第一首：

眾芳搖落獨暄妍，占盡風情向小園。
疏影橫斜水清淺，暗香浮動月黃昏。
霜禽欲下先偷眼，粉蝶如知合斷魂。
幸有微吟可相狎，不須檀板共金樽。

在眾多的花都枯萎搖落之後的冬天，只有梅花獨自開著，顯得那麼溫和而鮮美。她的風雅情致充滿著小園的每個角落。「向」與「在」略同。她那稀疏的影子橫斜著落在清靜的淺水上；淡淡的花香靜靜地浮動在月色朦朧中。冬日裡凌霜飛翔的鳥兒想下來跟梅花親近時，先偷偷地拋了個媚眼；好在現在不是粉蝶的季節，不然那些粉蝶遇到這些梅花，不知要多麼斷魂呢。「合」是當然、一定之意。粉蝶不在固然可惜，但幸而還有我這個小詩人可以微吟低唱，跟她親近親近。梅花與別的花不一樣，是不需要檀木的拍板和黃金的酒樽來湊熱鬧的。「共」同「與」。

「疏影」、「暗香」一聯，北宋文壇巨子歐陽修曾經大加激賞。但全首的格局趣味，仍然偏於纖細而過於柔軟。或者可以看作西崑體感情的另一表現。

有趣的是這種對悲哀的執著、對狹小詩境的偏好，並不限於小詩人，也表現在當時的高官的詩歌裡。在中國早已散軼，但還保存在日本的《二李唱和集》，所收的是太宗朝右僕射李昉及吏部侍郎李至兩人的贈答詩，共一百二十三首，都極爲纖艷，頗類《西崑酬唱集》的作品。

另外有一個大官寇準，字平仲，封萊國公(九六一——一〇二三)，曾爲眞宗皇帝的宰相，在對遼國的戰爭及外交上，是個舉足輕重的人物。而且在私生活方面，很像唐朝大官，相當奢華。但談到他的詩，卻不類他的地位與生活，而專詠個人一己的悲哀。如絕句〈江南春〉云：

杳杳煙波隔千里，白蘋香散東風起。
日落汀洲一望時，柔情不斷如春水。

又如五律〈春日登樓歸懷〉云：

高樓聊引望，杳杳一川平。
野水無人渡，孤舟盡日橫。
荒村生斷靄，古寺語流鶯。
舊業遙清渭，沉思忽自驚。

「舊業」是故鄉的家屋田地。因爲寇準是陝西下邽人，遠在渭水那邊，所以說「遙清渭」。「野水」一聯雖是名句，但充其量也只是個人的感懷而已。據僧文瑩的筆記《湘山野錄》（卷一），在這首詩出現的時候，就有人批評說過於悲哀，不合宰相的身分了。

這種實際生活與詩中感情的矛盾，正表示著爲賦新詩強說愁的舊來觀念，在北宋初期還根深柢固地盤踞在詩人的腦子裡。原來由唐末到五代的亂世，讀書人不受重視，處於不得志的時代，感懷身世，發爲悲哀的詩，是可以理解的。然而進了宋朝，時代已變，過去可能以布衣終其一生的人物，現在卻高踞著政府的要職。儘管如此，舊來作詩的觀念依然不改，因而產生了像寇準的詩所表現的矛盾。

第三節　王禹偁

但在這樣的情況下，文學的新氣運也開始醞釀著。譬如說，楊億除了以愛情爲題材的詩之外，也寫了些像五律〈獄有重囚〉，或七律〈民牛多以疾死〉之類的作品，已經表現著對政治社會的關心，爲以後的宋詩預示了一個發展的新方向。

王禹偁(九五四—一〇〇一)可說是這種新發展的先驅。禹偁字元之，因爲曾做過黃州知事，所以也叫作王黃州。他於宋建國前六年，生於山東鉅野的一個兼營磨坊的農家，但很小就表現出文學的才華，爲地方官畢士安所賞識。太宗太平興國八年(九八三)擢進士後，或爲京官，或貶在地方，浮沉流轉於官場之中，終於在眞宗咸平四年去世。他的生平傳記可以作當時新式官吏的典型例子，但他的詩卻與當時的主流「西崑體」大異其趣。

王禹偁所尊重的是李白、杜甫、白居易等較有思想的唐代詩人。他尤其敬仰杜甫。這在當時是不尋常的。原來自五代到宋初，杜甫詩備受輕視。楊億甚至嘲笑他是「村夫子」。但王禹偁卻一反俗見，肯定地說：「子美詩集開眼界」（〈日長簡仲咸〉）；又說：「本與樂天爲後進，敢期子美是前身」（「前賦〈村居雜興〉詩二首，間半歲不復省親，因長男嘉祐讀《杜工部集》，見語意頗有相類者，咨於予，且意予竊之也。予喜而作詩，聊以自賀」），對於子美（杜甫）與樂天（白居易）備致思慕之情。再者，當時散文的主流是講究詞藻的四六駢儷，而唐朝韓愈、柳宗元所提倡的所謂古文的自由體散文，多被棄之不顧。但王禹偁在〈贈朱嚴〉一詩裡卻說：「誰憐所好還同我，韓柳文章李杜詩。」又在另外一首〈寄題陝府南溪兼簡孫何兄弟〉詩裡，也可以看到「篇章取李杜」、「古文閱韓柳」之類的句子。

結果，在王禹偁的詩集《小畜集》裡，留下了一些長篇的敘述詩，而且往往富於對政治社會的關心。這些固然是以後宋詩的特色，在當時卻還只是例外的現象。例如題爲〈感流亡〉的五言長詩，敘述他在河南商州做官時，有一個冬天，坐在官邸的涼臺上曬太陽，看到簷前有「老翁與病嫗，頭髩皆皤然。呱呱三兒泣，惸惸一夫鰥。」一問才知道他們是從陝西逃荒而來的。於是在寫了他們「繈負且乞丐，凍餒復險艱」的流亡經過之後，爲自已無功而受祿的官吏生活，感到無限內疚。這首詩有四十四行，都二百二十言。像這樣的詩，就長度與內容說來，在宋詩裡是相當少見的。現在且避免長詩，只引一首七言律詩爲例。如〈村行〉云：

馬穿山徑竹初黃，信馬悠悠野興長。

萬壑有聲含晚籟，數峰無語立斜陽。
棠梨葉落胭脂色，蕎麥花開白雪香。
何事吟餘忽惆悵，村橋原樹似吾鄉。

這首大概是他貶到地方時，走馬赴任的路上所作的即興詩。「野興」是看到田野風物而引發的感興。詩裡的敘景雖然看似平凡，卻含有前人所未言或未能言的成分。如「數峰無語立斜陽」的「立」字，把自然擬人化，早已顯出了以後宋詩的又一個特色。又如對蕎麥花的興趣，在以前的詩裡固然也出現過，但在感覺上顯得新穎而有所不同。最後一聯的「惆悵」意象，也與過去詩人的用法有別。要是從前，詩人是感於異鄉的風景與故鄉不同而「惆悵」，但在這首詩裡，儘管也為了懷念故鄉而「惆悵」，欲藉著異鄉風景「似吾鄉」，而流露了不妨把異鄉當故鄉的闊達心境。

王禹偁的《小畜集》三十卷之中，詩歌方面，有古詩四卷、律詩五卷、歌行二卷，共約五百首之多。根據這些詩歌裡的資料，也許可以追尋他的一生，寫出一部詳細的傳記來。總之，王禹偁在許多方面，往往近於以後宋代的詩人，而異於唐代的詩人。

又值得一提的是到唐代為止，所有著作的流傳都靠寫本，但自北宋起，或嚴格地說，從唐末五代以後，就進入印刷的版本時代了。這種機器與物質文明的進步，對於宋朝文學的發展與轉變，無疑的也發生了推進的作用。王禹偁的《小畜集》附有自序，作於咸平三年十二月晦日，約在他死前一年。照當時印刷術的發達而言，全集三十卷可能在他去世時，已經印了出來。又如王禹偁的長輩詩人徐鉉（九一六—九九一）的詩文集，即《徐公文集》（又名《騎省集》）三十卷，也在大中祥符九年(一〇一六),就以版本問世了。

此外,從選集的編纂上,也可以看出一代的文學趣味與風尚。在北宋初期出現的選集之中,較早的有太宗雍熙年間(九八四—九八七)勅撰的《文苑英華》一千卷,其中所收唐代詩文,多屬辭藻華麗一類,可說集美文之大成。但較後在興宗大中祥符四年(一〇一一),姚鉉所編的《唐文粹》一百卷,則偏重非美文的作品。據其序文,可知選擇的標準以「古雅」爲主,不取「侈言蔓辭」,所以所收文賦只有古體而無駢偶;而於詩歌,也只取古詩而棄五七言律詩。由於選擇行爲本身代表一種批評作用或價值觀念,《唐文粹》的編選可能隱含著《文苑英華》的反抗,而且預示了以後宋代文學的新方向。

約在十一世紀中葉,日本曾仿《唐文粹》編了《本朝文粹》十四卷,但專收平安朝(七九四—一一八五)漢文作家的美文,可以說襲其名而失其實。

第二章　十一世紀前半　北宋中期

第一節　歐陽修

北宋建國以後，經過了半世紀以上，直到第四代皇帝仁宗在位的四十二年間，人們才終於意識到自己已處在不同的時代，因而覺得有確立合乎新時代的新詩風的必要。仁宗時代約在十一世紀前半；年號是天聖、明道、景祐、寶元、康定、慶曆、皇祐、至和與嘉祐。

確立了新詩風的中心人物是歐陽修與梅堯臣。兩人是很親近的朋友。雖然梅堯臣在詩歌上較有成就，但就影響的大小說來，卻遠不如歐陽修。何則？因爲歐陽修不但在詩歌，而且在散文、歷史、經典、考古各方面，都留下了劃時代的業績。除了這樣多方面的才能，他後來又高居宰相的政治權位，使他成爲領袖群倫的重要人物，對當代發揮了莫大的影響作用。

其實在仁宗的時代，不僅是詩歌，中國的文化與文明全體也都在進行著巨大的變化。其中最重

歐陽文忠公修像

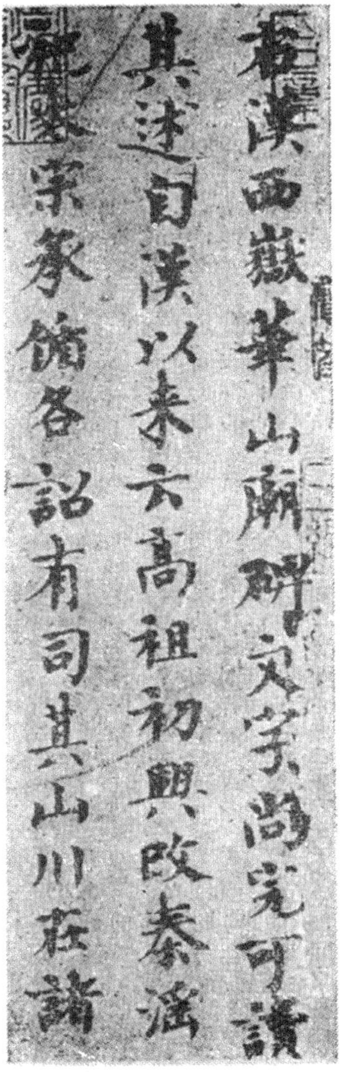

歐陽修・集古錄跋尾

要的是重新認識了古代儒家思想的價値，奠定了正統的民族倫理觀念，而以其實踐爲個人的以及社會的中心任務。知識分子已不只是儒家政治哲學的闡釋者，也變成了實踐者，於是實現了書生主政的政治體制。政治領袖與文化領袖已合而爲一，如范仲淹、富弼、文彥博、韓琦等所謂「名臣」，都是書生出身的新式官吏。歐陽修也不例外。他們看到自六朝以至於唐，儒學的傳統常受佛道兩教的挑戰或妨礙，顯然失去了原有的至高無上的地位，認爲這是整個中國文化的衰蔽，所以發出了擺脫佛道影響，重整儒家道統的宣言。同時，他們把過去講究辭藻、力求工麗的文學，斥之爲墮落、空洞而無思想，於是起而倡導有思想有內容的適合新時代的文學風格。仁宗前面的眞宗皇帝之迷信而沉溺於道教，又如上述，北宋初期文學之陷於詞采華麗的「西崑體」，都似乎對中期的文學改革運動，反而發生了推動與加速的作用。

仁宗雖是個柔弱的君主，且爲女人常惹是非，但畢竟不是個昏君。他在位期間，在國際關係方面，除了國初以來與北方遼國的繼續對峙，又有西邊唐古特族建立了西夏國，構成了新的威脅；可是朝廷卻以「歲幣」的名義，年年贈予巨額的貢物，因而保持了彼此休戰的狀態，達半世紀之久。這種長期的和平，自然促進了文化的轉移。而且這個轉移，也將決定將來一千年間中國文化的發展方向，直至本世紀初清朝滅亡爲止。的確自北宋以後，儒學始終高居於權威的地位，反之佛教道教則逐漸趨於衰微。在文學方面，宋仁宗時期所確立的文學思想，直到本世紀的初期，也將繼續控制或領導創作與批評的活動。譬如說，歐陽修的散文以後變成了典型之作，極受推崇，只有到了本世紀初才被「白話文」取而代之，就是一個顯著的例子。

要之，北宋中期在中國歷史上是一個很重要的時代。其影響並不限於以後的中國，也波及日本的歷史。江戶時代所祖述的中國文化，特別是儒家學說，多半是這個時期的產物。朱熹所撰的《名臣言行錄》，直到不久以前還是日本人必讀之書。江戶時代日本人學習漢文時，常以歐陽修的散文爲模範。又如仁宗的幾個年號之中的「慶曆」（一〇四一—一〇四八），中國人自不必說，連日本人也知道是中國史上一個文化燦爛的時期。

歐陽修（一〇〇七—一〇七二），字永叔，號醉翁，晚號六一居士，謚文忠公，就是這個大變革時期的領袖之一。在文學方面尤其名冠天下，爲一代文宗，影響最爲深遠。他在仁宗即位前十七年生於清寒的地方官吏之家。四歲喪父，舉家投靠叔父歐陽曄。家裡窮得買不起文具，他母親就教他在地上用荻梗練習寫字。十歲那年，據他自己說，偶然在附近某大戶人家的書庫裡，發現了一部殘缺不全的韓愈文集，讀了之後大爲歎服，便苦心鑽研仿效，至於廢寢忘食。在唐代的文學之中，韓愈的詩文是最不講究華麗的。如前所述，北宋初期「西崑體」風行一時，韓愈的詩文被束之高閣，幾乎無人反顧。那時歐陽修還只是個少年，但與韓愈一經接觸就能賞識其作品的價値，當作模範而刻意追隨。這個少年時代的經驗，對他後來的文學風格發生了莫大的影響。

歐陽修在二十四歲那年，即仁宗天聖八年（一〇三〇），舉了進士，試南宮第一，擢甲科，於是開始了仕宦生涯。從此以後，在仁宗長期的治世上，他在學問文章方面的名聲，以及在政治上的地位影響，與日俱增，至於眾莫能及的地步。不過由於新舊兩派政治勢力的不斷衝突，歐陽修在官場上也遭遇了兩次挫折。

仁宗於景祐三年（一〇三六），皇太后死後，開始親理政事。歐陽修這年三十歲，同黨長輩范仲淹以言事受黜，他便起而反對，結果自己也被貶爲夷陵（今湖北省宜昌縣）令。友人蔡襄曾作〈四賢一不肖〉詩，對他們表示了同情。這是歐陽修失腳的第一次。以後到了他三十七歲時，由於政局有了變化，他又回到京師，與同黨杜衍、范仲淹、富弼、韓琦等，皆任要職。慶曆三年（一〇四三），友人石介寫了〈慶曆聖德詩〉，稱讚這些大臣，得罪了反對黨，歐陽修再度被黜，出知滁州（今安徽省全椒、來安二縣）。這是他失腳的第二次。可是，經過這兩次黨爭挫折之後，歐陽修及其同黨反而名聲大增，更受尊重。仁宗末年，他們在政府裡的官職都相當安定，個個皆在高位，而歐陽修官至參知政事（副宰相），尤受器重。仁宗死時，歐陽修五十七歲，與韓琦受遺命輔佐病弱的養子英宗，解決了當時的種種紛爭。歐陽修又通過知貢舉，即進士考試典試委員長的身分，提拔了蘇軾等不少天下英才。獎引後進，如恐不及，一經他賞識的人，都聲價百倍。可見他不但在政治上，在文化上也是當代最高的領袖人物。

蘇軾及歐陽修之子歐陽棐所編的《歐陽文忠公全集》，共一百五十三卷。其中詩歌占二十一卷，計有不定型的古詩三百五十九首、定型的律詩絕句四百七十首，大致依創作年月編成。歐陽修詩的特長，可歸納成下列兩點：

一是平靜。這並不是消極的單純而缺乏內省的平靜，而是一種有意擺脫無端之悲哀的積極的心境。如在前章所述，唐詩往往陷於悲哀而不能自拔，而更前的六朝詩則甚至甘於悲哀而沉迷其中。宋初的詩人又依樣畫葫蘆，毫無反省地加以仿效。歐陽修的平靜代表著從這個舊習的脫離。他的方法基本上承自韓愈的文學。的確，不管作爲詩人也好，散文作家也好，歐陽修在許多方面都是韓愈的繼承者。在所有唐詩之中，韓愈的悲哀成分或感傷色彩可說是最淡的。繼承了韓愈的歐陽修的詩，更進一步抑制了悲哀的傾向。

二是視野的擴大。這是悲哀的激動受到克制，心境獲得平靜後，自然產生的結果。首先表現在題材範圍的增廣。本書〈序章〉所舉的〈日本刀歌〉，以器物爲題材而敘述成詩，就是一例。固然在唐詩裡，也早已有類似的嘗試，如韓愈的〈石鼓歌〉等，歐陽修卻把這種趨勢更積極地加以推廣。當然，他的詩所描寫的對象並不限於器物，如後所述，他不但擴大了敘述的題材範圍，而且擴大了敘述的觀點和方法。即使在處理前人常詠的題材時，他也採取了不同的態度。那就是從更廣的視野來加以敘述，並且夾雜議論於敘述之中。

總之，在〈序章〉所舉的種種宋詩的特質，在歐陽修的詩裡已有跡象可尋。在這個意義上，他可以說是爲宋詩鋪下地基的人物。如果把他的詩按年代讀過一遍，就不難看出他鋪設這個地基的過程。這不但是他個人成長的歷史，也是宋詩風格成長的歷史。

歐陽修的敘述趣味與傾向，在他早期的詩裡早已露出了端倪。例如仁宗明道二年(一〇三三)，他二十七歲，在西京洛陽做地方官，因事赴首都汴京時所作的〈代書〉，長達五十八句，二百八十字。其中有一段敘述他在路上遇到富豪之家的葬禮而挨罵的情形，彷佛一篇紀行的散文，讀來頗爲有趣。

不過，在他詩集開頭的幾卷裡，還有些悲傷哀愁的詩歌，多半是兩次被貶時的作品。例如第一次被貶，在溯長江赴夷陵路上，泊舟唐白居易的謫居地江州，有感而作了一首絕句〈琵琶亭〉：

樂天曾謫此江邊，已歎天涯涕泫然。
今日始知余罪大，夷陵此去更三千。

此次被貶爲夷陵縣令，正如他在〈夷陵縣至喜堂記〉所寫，該縣離汴京五千五百九十里，在長江三峽以下，水流已轉爲平坦。當地盛產椒、漆、紙等，但市場洋溢著魚貝腐爛的臭味，令人掩鼻；而在用茅竹葺修的屋頂下，往往人豬雜居，頗爲骯髒。由於迷信屋瓦是不吉之物，人們避之惟恐不及，結果反而時時發生火災。從這個僻遠的地方，歐陽修曾給梅堯臣寄了一首七言長律，描寫當地奇異的迷信與風物，讚美當地的山水勝景，雖然也流露了自己不遇的感慨，但很少悲哀的色彩。詩題〈寄梅聖俞〉：

青山四顧亂無涯，雞犬蕭條數百家。
楚俗歲時多雜鬼，蠻鄉言語不通華。
繞城江急舟難泊，當縣山高日易斜。
擊鼓踏歌成夜市，邀龜卜雨趁燒畬。
叢林白晝飛妖鳥，庭砌非時見異花。
惟有山川爲勝絕，寄人堪作畫圖誇。

第二次的謫居地是安徽滁州，周圍皆山，交通不便，日常生活也缺少情趣。加以到任不久，又死了名叫師的女兒。這是他喪子的第三次。〈白髮喪女師作〉云：

吾年未四十，三斷哭子腸。

一割痛莫忍，屢痛誰能當。
割腸痛連心，心碎骨已傷。
出我心骨血，灑爲清淚行。
淚多血已竭，毛膚冷無光。
自然鬚與鬢，未老先蒼蒼。

遇到像這樣的情形，誰也會痛哭流涕，大爲悲傷的。歐陽修也詠出了他無限的哀慟。可是，同時值得注意的是他的表現方法。他的悲哀由腸而心而骨而血而淚而毛而膚而終於鬚髮蒼蒼，彷彿互有因果關係，無意間也流露了歐陽修或宋人好說理的傾向。

又如同在滁州任內所作的五古〈暮春有感〉：

幽憂無以銷，春日靜愈長。
薰風入花骨，花枝午低昂。
往來採花蜂，清蜜未滿房。
春事已爛漫，落英漸飄揚。
蛺蝶無所爲，飛飛助其忙。
啼鳥亦屢變，新音巧調簧。
遊絲最無事，百尺拖晴光。

天工施造化，萬物感春陽。
我獨不知春，久病臥空堂。
時節去莫挽，浩歌自成傷。

全詩以憂愁難消開始，接著感歎時序的推移，而終以久病自傷作結。就主題而言，可說繼承了六朝至唐詩人常詠的人生短促的悲哀。但在寫法上卻有不同。這首詩最用力的地方，無寧說是中間敘述自然的變化與調和的部分。「落英」是落花。「遊絲」即蜘蛛絲網。這些夾在中間的春光的敘述，筆觸冷靜，心境從容，顯得掩蓋並對消了開頭與結尾的憂傷。從前的詩歌常常點出快樂，藉以逃避悲哀，但借酒澆愁愁更愁，反而往往陷於更深的悲哀而不能自拔。歐陽修的這首詩則正好相反。

歐陽修剛過四十歲時，帶著多少反諷的心情，替自己起了個「醉翁」的外號。僧智僊在郊外瑯琊山蓋了一個亭子，歐陽修就名之曰「醉翁亭」，並寫了一篇〈醉翁亭記〉紀念這件事。他另外還有一首五言古詩，題爲〈題滁州醉翁亭〉：

四十未爲老，醉翁偶題篇。
醉中遺萬物，豈復記吾年。
但愛亭下水，來從亂峰間。
聲如自空落，瀉向兩簷前。
流入巖下溪，幽泉助涓涓。

嚮不亂人語，其清非管絃。
豈不美絲竹，絲竹不勝繁。
所以屢攜酒，遠步就潺湲。
野鳥窺我醉，溪雲留我眠。
山花徒能笑，不解與我言。
惟有巖風來，吹我還醒然。

這裡逃避感傷、克制悲哀的心情，已經顯然可見。約在同時，遊滁州郊外的豐樂亭，作了一首七言古詩〈豐樂亭小飮〉，把這種心情寫得更積極更開朗：

造化無情不擇物，春色亦到深山中。
山桃溪杏少意思，自趁時節開春風。
看花遊女不知醜，古妝野態爭花紅。
人生行樂在勉強，有酒莫負琉璃鍾。
主人勿笑花與女，嗟爾自是花前翁。

這首詩作於慶曆七年（一〇四三），即貶到滁州的第三年。「造化」即自然。造化本身因爲沒有好惡的感情，待人接物都公平無私，毫無偏見。所以一到春天，即使在深山幽谷裡的桃花杏花等，都能一樣得到春風的吹拂而盛開起來。就在這些盛開的花前，有一群天眞的、不知醜惡爲何物的妙齡少女，在那兒溜達玩賞。她們那古樸的打扮、村樣的儀態，別有風味，彷彿正在與花一爭短長，盡情地享受著自然賦與她們的生命。的確，人生在世，所爲何事？應該有酒就喝，即使勉強點兒也不妨追求快樂。作爲這個豐樂亭的主人，你是不能笑那些花和少女的。看看你自己。儘管你是個老人，早已不能與花媲美，但無論如何還是個花前老翁，還是一種存在。那麼你應該了解人生存在的限制，而在這個限制之中，別羨慕那些如花少女，老人自有老人的快樂，也可以盡量地享受你的生命。詩中的「主人」指歐陽修自己。「豐樂亭」就是他在滁州任內蓋的，亭名取自「豐年之樂」（見〈豐樂亭記〉）。

仁宗治世後期，歐陽修已進入晚年，在政治上的地位又高又穩，他的詩境也變得更爲平和寧靜。在生活安定、心境平靜的基礎上，他那多方面的才情器識，自然更積極地從各方面去尋求作詩的題材。過去的詩人由於過分耽於悲哀而無暇或無意處理的對象，歐陽修卻大量地加以寫進詩歌。他又把他散文作家的精鍊的手腕，有意識地應用於詩的創作上，使他詩中的敘述更暢順更少拘束。在他晚年的作品裡，以敘述梅堯臣等人的友誼往來，以及抒寫自己家居的日常感興的詩，占最大多數。其他，有關茶、車螯、銀杏等飲食的詩，也有不少。又因爲他是古器物的蒐集家鑑賞家，自然也寫了些像〈日本刀歌〉那樣的作品。最後，因爲他是朝廷的大官，日月處理經濟國民大事，所以對政治的關心，也構成了他詩歌的重要主題之一。

這裡且舉一首題爲〈食糟民〉的古體詩。自古以來，酒在中國是政府的專賣品，但造酒的原料糯卻要農民生產提供。酒釀成之後，政府以高價販賣，農民雖然是原料的生產者，只因貧窮，自己反而買不起酒來享受。他們只能向官吏買酒糟來充饑。這是不公平的。解決這種矛盾應該是官吏的職責。否則，滿口仁義又有什麼用呢？

田家種糯官釀酒，榷利狄毫升與斗。
酒沽得錢糟棄物，大屋經年堆欲朽。
酒醅瀺灂如沸湯，東風來吹酒瓮香。
纍纍罌與瓶，惟恐不得嘗。
官沽味濃村酒薄，日飲官酒誠可樂。
不見田中種糯人，釜無糜粥度冬春。
還來就官買糟食，官吏散糟以爲德。
嗟彼官吏者，其職稱長民。
衣食不蠶耕，所學義與仁。
仁當養人義適宜，言可聞達力可施。
上不能寬國之利，下不能飽民之饑。
我飲酒，爾食糟。
爾雖不我責，我責何由逃。

又如五古〈學書二首〉，表現了作者家居時的哲學思考。茲舉其第二首爲例：

學書不覺夜，但怪西窗暗。
病目故已昏，墨不分濃淡。
人生不自知，勞苦殊無憾。
所得乃虛名，榮華俄頃暫。
豈止學書然，作銘聊自鑒。

由於專心一致埋頭「學書」，即練字，不知已到晚上；看到西邊窗口越來越暗，反而覺得奇怪而納悶起來。平時早已有點昏花的老眼，現在竟然分不清墨水的濃淡了。爲什麼要熱衷於書法到這個地步呢？自己反省一下，也無法回答這個問題。難道是因爲發現了書法的重要意義，所以才這樣熱心？也不見得。只能說是因爲喜歡書法，就那麼熱心地練習起來，並沒有什麼特殊的目的。其實整個人生也是一樣。每個人在一生中，無時無地都在進行著某種工作或活動，勤勞辛苦，日以繼夜，而一點也不覺得遺憾。如果有人問他這是爲了什麼，他自己也會不知所答。勤勞的結果，固然可以得到些「虛名」，享受些「榮華」，但這些只是曇花一現、瞬即消失的東西；得失之間實在沒什麼差別可言。這是人生一般的事實，豈止學書一事而已。既然了解了這個道理，就應該拿來作座右銘，以便隨時提醒並鑑戒自己。

仁宗死後，英宗的治平年間（一〇六四—一〇六七），歐陽修仍在朝中繼續做宰相。英宗歿，神宗繼位，熙寧四年（一〇七一）屢次上書告老，終於獲准，以觀文殿學士太子少師致仕，便回到安徽穎州，住在幾年前在那裡修築的新屋裡，開始了隱居的生活。可是在第二年的閏七月，六十六歲時，他就去世了。就在這時候，他所賞識而加以提拔的王安石，辜負了他的期待，已經進行著所謂「新法」的改革政策了。

歐陽修的詩，既不如朋友梅堯臣詩的細緻，也不如弟子蘇軾詩的深廣，更不如反叛他的王安石詩的銳利。而且在詩論方面，他總是偏好韓愈而輕視杜甫，又把杜甫放在李白之下。這些都是來自啓蒙期人物的認識不足，不能深怪。他的〈李白杜甫詩優劣說〉見於〈筆說〉（《歐陽文忠集》卷一百二十九）：

「落日欲沒峴山西，倒著接籬花下迷。襄陽小兒齊拍手，攔街爭唱白銅鞮。」此常言也。至於「清風明月不用一錢買，玉山自倒非人推」，然後見其橫放。其所以警動千古者，固不在此也。杜甫於白，得其一節而精強過之，至於天才自放，非甫可到也。

然而儘管如此，爲宋代新詩風打下基礎的人仍非歐陽修莫屬。他有一首五言絕句，題爲〈遠山〉，可以說象徵著他的詩風：

山色無遠近，看山終日行。
峰巒隨處改，行客不知名。

第二節　梅堯臣

歐陽修雖然爲宋詩打好了基礎，但他是個身負重任的政治家，行政工作占去了他大部分的時間。他又是個散文大家，忙著根據韓愈所創的「古文」文體，創造他自己更流暢的散文，進而開導新時代的新文風，從事承前啓後的任務。此外，他也是個撰修《新唐書》與《新五代史》的史學家，著有《易童子問》與《詩本義》的經學家，編印《集古錄》的考古學者。他雖然活了六十多年，一生畢竟有限，而有如此廣泛的成就，已是無人能及，不愧爲文化界的一代領袖人物。如果要他集中精力於詩歌的創作，不用說是相當困難的。

不過，歐陽修雖然未能完全實現建設宋詩的理想，好在他有兩個志同道合的詩友，繼續在他鋪好的基礎上面，專心一致地努力創作，終於完成了宋詩的特殊風格，打開了中國詩史上的一頁。這兩個人就是梅堯臣與蘇舜欽。

梅堯臣(一〇〇二—一〇六〇)，字聖俞，號宛陵先生。安徽宣城人。他在官場一直不得志，抑於有司，困於州縣，凡十餘年。最後入京做了個尙書都官員外郎，所以人稱梅都官。梅堯臣長於歐陽修五歲。他們的交遊始於仁宗初年，兩人年齡各在三十前後，同在西京洛陽做小官的時候。當時，梅堯臣已頗有詩名。他的上司王曙(文康)曾讚賞他的詩說：「二百年無此作矣。」(見歐陽修所作《宛陵集》序)。不過最佩服他的是年輕的歐陽修。他們兩人之間的交情，直到仁宗嘉祐五年(一〇六〇)，梅堯臣五十九歲死於傳染病爲止，始終不渝。梅堯臣死時，還是個尙書都官員外郎

（相當於現在司法院科員），但歐陽修已是赫赫有名的參知政事了。當歐陽修到梅家租居的小巷來送葬時，可以想像出來，巷裡的居民看到高車大馬，一定瞠目而視，覺得奇怪。如果查一下他們各人的全集，就可以發現兩人之間交換的贈答詩，多得不勝枚舉。特別是歐陽修，對梅詩總是讚不絕口，充分流露了欽慕之情。前面在〈序章〉裡所引的〈水谷夜行寄子美聖俞〉一詩中，「初如食橄欖，其味久愈在」，云云，只是無數的例證之一而已。

梅堯臣有幸得到這樣的知音，感激之餘，更專心於詩歌的創作。固然他的官運多蹇，其妻至於說他如「鮎魚上竹竿」，絕對不會有出息，但官場的不遇，卻使他的詩更加精進。歐陽修為《宛陵集》所作的序文說：「非詩之能窮人，殆窮者而後工也。」王安石也在〈哭梅聖俞〉詩裡說：「眾皆少銳老則不，翁獨辛苦不能休。」

在〈序章〉裡已經說過，梅堯臣的詩以「平淡」為目標。但這種「平淡」似乎是經過掙扎之後的產物，不是隨手可得的東西。他原是個神經敏銳而細膩的人，並非生來就有「平淡」的性格。例如他的五言律詩〈聞雁〉云：

濕雲夜不散，薄處微有星。
孤雁去何急，一聲愁更聽。
心應失舊侶，翅已高青冥。
幾日江海上，鳧鷗共滿汀。

梅堯臣（一〇〇二—一〇六〇）
——從明刊本「御世仁風」

可見他原來也是個多愁善感的人。這種性格，在他死了元配謝氏之後所作的〈悼亡三首〉、〈懷悲〉等詩裡，流露得尤其明顯而深刻。對亡妻的思念之情，纏綿悱惻，令人感動。如〈悼亡三首〉的第三首云：

> 從來有脩短，豈敢問蒼天。
> 見盡人間婦，無如美且賢。
> 譬令愚者壽，何不假其年。
> 忍此連城寶，沈埋向九泉。

其中第二聯，誇獎髮妻的美麗賢慧，可說極爲大膽。固然說中國人並不怎麼避諱揚言太太是自己的好，但像這裡「見盡人間婦，無如美且賢」的率直說法，到底是不尋常的。不過正因爲大膽率直，反而收到了加深悲哀的效果。至於〈懷悲〉一詩，敘述貧窮夫妻的同甘共苦的生活，既感又愧的心情，令人鼻酸。最後以「此身今雖存，竟當共爲土」作結，也帶著濃厚的感傷色彩。

儘管如此，梅堯臣知道單靠神經過敏的感傷，並不足以開創詩歌的新時代。他覺得必須避免感傷的支配，必須導入理性與思維能力，才能創造出名副其實的新詩。在答裴煜的一首詩（〈答裴送序意〉）裡，梅堯臣自己把這個意思說得很清楚。大體說：承你勸我不要老是吟詠詩歌，也應該多從事於其他更有用的著述。我知道這是你愛之深責之切的友誼表現。不過，你似乎還不能完全了解我，所以只好替自己辯護一下。其實，我的詩絕不是無病呻吟、徒事遊玩。我作詩的態度與抱負是：

> 辭雖淺陋頗剋苦，未到二雅未忍捐，
> 安取唐季二三子，區區物象磨窮年。

要之，梅堯臣作詩的態度是積極的。他有他自己的理想與抱負：他要作到像「二雅」，即《詩經》的「大雅」、「小雅」那樣，不但富於社會意識而且從事政治批評。他絕不願效法唐末那些詩人，爲了「區區物象」而推敲琢磨，浪費時光。

梅堯臣在這首詩裡，雖然謙虛地承認：「書辭辨說多碌碌，吾敢虛語同後先？」實際上，他著有《唐載》二十六卷、《詩小傳》二十卷（未完成）、《注孫子》十三篇，又曾預修《唐書》，在學術著述上也不是毫無成就的人。像這些踏實而嚴格的學術修養，自然也會幫助他避免陷於感傷的傾向。歐陽修〈梅聖俞墓誌銘〉論梅堯臣說：「非如唐諸子號詩人者僻固而狹陋也。」

由於具有敏銳的感受性，他的視界也就更加開闊，而得以向各方面延伸發展。首先値得注意的是他有不少關心政治社會的作品。豈止關心而已，他甚至大膽地譏刺時政，爲民伸寃。如〈田家語〉有序云：

> 庚辰（即仁宗康定元年、一〇四〇）詔書：凡民三丁籍一，立校與長，號弓箭手，用備不虞。主司欲以多媚上，急責郡吏。郡吏畏不敢辨，遂以屬縣令互搜民口，雖老幼不

得免。上下愁怨，天雨淫淫，豈助聖上撫育之意邪？因錄田家之言，次爲文，以俟採詩者云。

接著用長篇五言古詩的形式，詳細地敘述了官吏的淫威殘暴，人民的怨嗟悲哭，然後自歎說：「我聞誠所慚，徒爾叨君祿。」又在〈汝墳貧女〉一詩裡，也描寫了一個貧家之女，老父被徵，又遭荒歉，以致於：

果然寒雨中，僵死壤河上。
弱質無以託，橫尸無以葬。
生女不如男，雖存何所當。
拊膺呼蒼天，生死將奈何。

田家的生活原是安樂的象徵，一向是詩人喜歡吟詠的題材。但在梅堯臣的筆下卻如此悲慘，正表示他觀察的深刻與關心民意的胸懷。他自謂「未到二雅未忍捐」的作詩態度，由此也可以看得出來。

他又有一首題爲〈聞進士販茶〉的七言古詩，諷刺知識分子的墮落，可作研究社會史的絕佳資料。其中有一段話：

浮浪書生亦貪利，史笥經箱爲盜囊。

津頭吏卒雖捕獲，官司直惜儒衣裳。
卻來城中談孔孟，言語便欲非堯湯。
三日夏雨刺昏墊，五日炎熱譏旱傷。
百端得錢事酒肉，屋裡餓婦無餱糧。
一身溝壑乃自取，將相賢科何爾當。

把一些儒生僞君子的面孔寫得入木三分，令人稱快之餘，亦足以促使自以爲書生者反躬自問，引以爲戒。

視界的擴大、題材的增加，並不就是一味的向外，同時也往往反過來注意細小的事物。如〈師厚云蝨古未有詩邀予賦之〉，就是一例：

貧衣弊易垢，易垢少蝨難。
群處裳帶中，旅升裘領端。
藏跡詎可索，食血以自安。
人世猶俯仰，爾生何足觀。

前六行大罵蝨不但寄生於窮人的衣帶中，還要吸食窮人的血以維生，但最後兩句一轉而比喻人世。其實，所謂萬物之靈的人類，也有不少甘於俯順屈就、仰人鼻息的行爲。那麼，你們這些蝨子的生活方式，也就不值得叫人大驚小怪了。從本詩的詩題，可知梅堯臣之所以描寫這樣微不足道的題材，是有意爲之的。師厚即謝景初，是梅堯臣亡妻的外甥。

梅堯臣詩的最大特徵，除了題材廣泛、態度宏達之外，更能以他詩人特具的敏銳眼光，觀察並描述家庭的日常生活、朋友的交往情形。筆法細膩，情感深刻，所寫內容鉅細不遺。這是他超越前人的地方。

例如〈秀叔頭蝨〉，寫的也是蝨子。秀叔是他與亡妻所生的兒子。家境清寒，兒子無人照顧，至於頭上生滿了蝨子。於是有感而作了這首詩：

吾兒久失恃，髮括仍少櫛。
曾誰具湯沐，正爾多蟣蝨。
變黑居其元，懷絜宅非吉。
蒸如蟻亂緣，聚若蠶初出。
鬢搔劇蓬葆，何暇嗜梨栗。
翦除誠未難，所惡累形質。

又如〈南鄰蕭寺丞夜訪別〉，寫的是與一見如故的新友夜中話別的情形：

憶昨偶相親，相親如舊友。

雖言我巷殊，正住君家後。
壁裡射燈光，籬根分井口。
來邀食有魚，屢過貧無酒。
明日定徂征，聊茲酌升斗。
宵長莫惜醉，路遠空迴首。

又如〈舟中夜與家人飲〉，作於在後妻陪伴下，離開首都，前往地方任職的途中：

月出斷岸口，影照別舸背。
且獨與婦飲，頗勝俗客對。
月漸上我席，瞑色亦稍退。
豈必在秉燭，此景已可愛。

諸如此類，都是前人很少嘗試過的題材或寫法，與現代文學中的自傳小說，具有許多類似的性質。其他例句，俯拾即是，不勝枚舉。如「孤榻無人膝自搖」（〈依韻和原甫月夜獨酌〉），寫神經質的孤獨老頭兒，無事可作，只管搖腿的無聊勁兒。如「癡兒效貓鳴」（〈同謝匠厚宿胥氏書齋聞鼠甚患之〉），寫兒子學貓叫想嚇跑老鼠的情形。像這些觀察入微的描寫，可以說是前所未有的。

當然，梅堯臣也經常把他的眼光放到家庭以外。譬如說，他有〈金明池遊〉，寫汴京金明池春天熱鬧的風景；有〈和原甫同鄰幾過相國寺淨土院因觀楊惠之塑吳道子畫聽越僧琴閩僧寫宋賈二公眞〉及〈劉原甫觀相國寺淨土楊惠之塑像吳道子畫又越僧鼓琴閩僧寫眞予解其詫〉，寫欣賞相國寺的塑像、字畫及音樂後的感興；有〈京師逢賣梅花五首〉及〈聞賣韭黃蓼甲〉，寫出看到梅花或蔬菜小販後的感懷；有〈中伏日永叔贈冰〉、〈答劉原甫寄糟薑〉、〈歐陽永叔王原叔二翰林韓子華吳長文二舍人同爲弊廬値出不及見〉以及〈范景仁紫微見過亦謁不遇道上逢之〉等，寫朋友之間的往來情形。只要打開梅堯臣的詩集，就可以發現題材之多之廣，視之前人，鮮有其比。這裡只不過隨便舉出一些例子而已。但即使只從這些詩裡，也足以推想十一世紀汴京現實生活的一斑了。

雖然在作詩方面，梅堯臣總與歐陽修抱著同樣的理想與態度，互相勉勵，齊頭並進，但梅堯臣的詩卻顯得更精緻細密，也更富於詩情詩意。梅堯臣的確可以說是十一世紀前半中國第一的詩人。歐陽修在〈梅聖俞墓誌銘〉裡，曾經說他由於詩名太高，人們不分上下貴賤，都希望收藏他的詩「用以自矜」，至於「求者日踵門，而聖俞詩遂行天下」。但他對於作詩，態度極爲嚴肅，即使爲別人所作，也絕不馬虎。所以在現存二千八百首詩中，很少有隨便塗鴉、格調低下的作品。

歐陽修在他的《六一詩話》裡，曾引梅堯臣自己的話：

> 詩家雖率意，而造語亦難。若意新語工，得前人所未道者，斯爲善也。必能狀難寫之景，如在目前，含不盡之意，見於言外，然後爲至矣。

這段話露出了梅堯臣追求「平淡」的苦心。至其人品風貌，歐陽修說他：「志高而行潔，氣秀而色

和，嶄然獨出於眾人中。」（〈送梅聖俞歸河陽序〉）又說他：「謹質溫恭，衣冠進趨，眇然儒者也。」（〈孫子後序〉）

第三節　蘇舜欽

蘇舜欽（一〇〇八—一〇四八），字子美，也是歐陽修所推獎庇護的詩人。但他在詩人的成就既不如歐陽修，更不如梅堯臣。他是出自名門的貴公子，祖父蘇易簡與岳父杜衍都做過宰相。慷慨有大志，狀貌奇偉，好作歌詩，且善草書，一時豪俊多從之遊。當他管理進奏院時，挪用拋售故紙的公款，常常召來歌女，與同事朋友飲酒作樂。結果被人彈劾，罪證確鑿，終於受到除名處分。於是，他便離開了首都，南下到江蘇蘇州，在那裡蓋了個別墅，就是有名的「滄浪亭」。過了幾年，他就死了，才四十一歲。

蘇舜欽喜歡談論兵法，爲人或有輕率放浪的傾向，但不愧爲豪傑之士。他的七律〈覽照〉就是他的自畫像：

鐵面蒼髯目有稜，世間兒女見須驚。
心曾許國終平虜，命未逢時合退耕。
不稱好文親翰墨，自嗟多病足風情。
一生肝膽如星斗，嗟爾頑銅豈見明。

「虜」指當時與宋對峙的遼國與西夏。「命」是命運。「不稱」是不相稱、不合適。「翰墨」即文學。「頑銅」指銅鏡。

他有一首〈淮中晚泊犢頭〉，被認爲是宋代七言絕句代表作之一。大概是被逐出首都後，南下蘇州，路經淮河時的作品：

春陰垂野草青青，時有幽花一樹明。
晚泊孤舟古祠下，滿川風雨看潮生。

他住在蘇州期間，無官一身輕，逍遙園林之間，無應接奔走之勞，過著自由自在的生活。從〈獨步滄浪亭〉詩也許可以看出他當時心境的一端：

花枝低攲草生迷，不可騎入步是宜。
時時攜酒只獨往，醉倒惟有春風知。

《苕溪漁隱叢話》評此詩說：「眞能道幽獨閑放之趣。」

第四節　范仲淹、韓琦、邵雍

十一世紀前半的中國詩壇，其實並不完全是歐陽修、梅堯臣以及蘇舜欽的天下。在統一政治領導與文化領導的新理想之下，除了歐陽修之外，其他列爲「名臣」的政府要人，對當時詩歌的發展，也都多少有所貢獻。例如范仲淹、富弼、文彥博、韓琦等「名臣」的集子裡，以政論爲主題的散文自不必說，也各有詩歌的部分。

范仲淹（九八九—一〇五二），字希文，謚文正公，是「名臣」中的長輩。他在政治、軍事各方面，都曾經是顯赫一時的人物。至於他的詩，下面這首題爲〈野色〉的五律，《林下偶談》評爲「不下司馬池行色之作。梅聖俞所謂寫難狀之景，如在目前也。」詩云：

非煙亦非霧，冪冪映樓臺。
白鳥忽點破，殘陽還照開。
肯隨芳草歇，疑逐遠帆來。
誰會山公意，登高醉始回。

范魏公希文像

范仲淹·尺牘

詩中的「山公」，即晉朝名臣山簡（二五三—三一二），曾爲征南將軍。有一次與敵軍隔著國境對峙，爲了安定軍心，鼓勵士氣，故意在野外張宴暢飲，採取心理戰術。范沖淹也曾經帶過部隊，守邊多年，抵抗西夏的侵略。有一天，在敵軍窺伺下，他也學「山公」故事，與幕僚們登上煙霧濛濛的小山上的樓臺裡，喝酒熱鬧了一番。可是，醉翁之意不在酒，而是一種戰略，不知有人能了解此中眞意否？尾聯「誰會山公意，登高醉始回」，正暗示著身爲統帥的責任感。可能由於范仲淹年紀比較大，所以他的詩也就還不能完全擺脫「西崑體」的影響。

韓琦（一〇〇八—一〇七五），字稚圭，封魏國公，諡忠獻，與歐陽修並爲仁宗後期的重臣。由於他的時代比范仲淹稍晚，所以他的詩風格清新，已不受「西崑體」的影響。如長篇五古〈苦熱〉就是個好例子，分段介紹於下：

> 皇祐辛卯夏，六月朔伏暑。
> 始伏之七日，大熱極災苦。

皇祐辛卯是仁宗皇祐三年（一〇五一），陰曆六月一日庚辰，即所謂「三伏」的始伏，天氣始熱。「始伏之七日」即陰曆六月七日，根據陳垣氏「二十史朔閏表」推算，相當於陽曆的七月十七日。

> 赫日燒扶桑，焰焰指亭午。
> 陽烏日焦鑠，垂翅不西舉。

「扶桑」是神話中的大樹。據〈十洲記〉云：「扶桑在碧海中，樹長數千丈，一千餘圍，兩幹同根，更相依倚，日所出處。」那熱烘烘的太陽似乎燒掉了扶桑，像個焰焰的火球已經走近了「亭午」，即中午的位置。「陽烏」即傳說中住在太陽上的烏鴉。那隻烏鴉也好像把自己燒焦了，只見他垂著沉重的翅膀，老停在天空當中，一點兒也沒有向西飛動的意思。這的確是立意奇妙的表現。

炙翻四海波，天地入烹煮。
蛟龍竄潭穴，汗喘不敢雨。
雷神抱桴逃，不顧車裂鼓。

整個天地好像在滾燙的海水之中，連那呼雲喚雨的蛟龍也都熱得躲了起來。雷神熱得忘記打雷，抱著鼓仗逃之夭夭，雷鼓被車輾破了也不管。

豈無堂室深，氣鬱如炊釜。
豈無臺榭高，風毒如遭蠱。
直疑萬類繁，盡欲變脩脯。

「脩脯」是燻製乾肉。熱得簡直要把萬物燒成乾肉，這也不是尋常詩人所能道出的表現。下面詩意一轉：

當聞崑閬間，別有神仙宇。
雷散滌煩襟，玉漿清濁腑。

「崑」即崑崙，「閬」即閬風，都是神仙傳說中的地名。「玉漿」是用美玉製成的液漿，爲仙人所飲。「雷散」當是一種藥粉，但不詳何物。就在幻想飛往那清涼的仙界時，詩意又一轉：

吾欲飛而往，於義不獨處。
安得世上人，同日生毛羽。

雖然只是一種幻想，但如果只有我一個人，在幻想裡飛到幻想世界去納涼避暑，在道義上也說不過去。有福應該大家同享，只希望世上所有的人個個都長出翅膀來，同時飛到崑崙、閬風去，那該多好。這個結尾，使人聯想起杜甫〈茅屋爲秋風所破歎〉的最後幾行：

安得廣廈千萬間，大庇天下寒士俱歡顏。
風雨不動安如山，嗚呼何時眼前突兀見此屋。
吾廬獨破受凍死已足。

顯然受了杜甫的啓示而不下於杜甫。皇祐三年，韓琦已是朝中的重臣，而有如此民胞物與，己饑己溺的精神，應該是特別値得注意的。

韓維（一〇一七—一〇九八），字持國，其父韓億、其兄韓絳，也是官場中人。父子三人與歐陽修、梅堯臣、蘇舜欽、司馬光、王安石等，常以詩歌互相酬答。韓維有一首七絕〈八老會〉，寫出了當時官場交游的風氣：

同榜同僚同里客，斑毛素髮入華筵。
三盃耳熱歌聲發，猶喜歡情似少年。

這八個人都是同年進士及第，同在朝廷做官，而且又都是同鄉。現在，不是頭髮斑白就是白髮蒼蒼了。但他們並不服老，一入筵席，三杯下肚，大家就不約而同地唱起昔日的歌來，高興快樂的心情仍似少年時。這與目前政界財界文教界的名人，參加校友會時合唱校歌的情形，可以相比。不同的是當時的領袖人物，除了具備實用的知識才器之外，又多半是作詩的能手。

在這個時期裡，像前期的林逋那樣，以布衣終其一生的詩人已不多見。究其原因，固然不止一端，但與科舉制度似乎不無關係。因爲當時只要具有文學的才能，便可以經過科舉而進入官場。這是公平的競爭，人人皆得而試之，加以書生的政治社會意識的普遍高漲，當然甘以布衣終身的人就更少了。

如果要在這時期裡找民間詩人，不能說完全沒有。像在〈序章〉裡提到的邵雍就是一個例子。邵雍（一〇一一—一〇七七），字堯夫，自號安樂先生，賜諡康節。他有《擊壤集》，是個別具風格的人物的別具風格的詩集。他終生隱棲洛陽，名其居曰「安樂窩」。例如寫其居處的〈安樂窩前蒲柳吟〉云：

安樂窩前小曲江，新蒲細柳年年綠。
眼前隨分好光陰，誰道人生多不足。

又如〈歡喜吟〉云：

歡喜又歡喜，喜歡更喜歡。
吉士爲我友，好景爲我觀。
美酒爲我飲，美食爲我餐。
此身生長老，盡在太平間。

他有數百首詩，都題爲「什麼什麼吟」。他最後一首詩是〈病亟吟〉：

生于太平世，長于太平世。
老于太平世，死于太平世。
客問年幾何，六十有七歲。

俯仰天地間，浩然無所愧。

從詩人的眼光或詩論的觀點，這些詩當然顯得缺乏詩歌應有的精鍊與意境，只是露骨地表現了哲學的思考。但談道說理是宋詩之常，邵雍只把這種傾向，毫無顧忌地加以推到極端而已。

北宋的西京洛陽，大概是適合於隱居的地方。除了邵雍之外，如當時的「名臣」之一的司馬光（一〇一九—一〇八六），因爲反對王安石的「新法」而辭去官職後，也歸隱於洛陽，完成了不朽的《資治通鑑》二百九十四卷。他雖然在政治上暫時失意，但高風亮節，更得人心。他在洛陽時，曾有一首詩〈始至洛中言懷〉，可以看出他高潔的人格與胸襟：

三十餘年西復東，勞生薄宦等飛蓬。
所存舊業惟清白，不負明君有樸忠。
早避喧煩眞得策，未逢危辱早收功。
太平觸處農桑滿，贏取閭閻鶴髮翁。

第三章 十一世紀後半 北宋後期

第一節 王安石

歐陽修是十一世紀前半，即北宋中期，主宰中國政治文化各方面的重要人物。他不但奠定了宋代新文化的一般基礎，而且在他的領導及影響之下，建設了宋代文學的新理想，確立了宋詩特有的新風格。他當然也加意物色或培養下一代的領袖人才，而特別寄望於兩個後起之秀：一個是王安石，一個是蘇軾。

果然不負所望，這兩個人在相當於十一世紀後半的北宋後期，在詩壇上以及政治文化上，都變成了出類拔萃的領袖人物。雖然兩人所走的路線並不相同：王安石時常違逆歐陽修的意見，而蘇軾則多半追隨歐陽修的理想，但在詩上的成就，兩人都青出於藍，遠遠超越了歐陽修。尤其蘇軾是北宋最大的詩人；王安石也是北宋詩的大家。

王安石（一〇二一—一〇八六），字介甫，號半山，封荊國公，謚文公。他於神宗熙寧二年（一〇六九）拜參知政事，實施所謂「新法」的政治經濟改革運動，雖然沒有成功，現代有些學者卻認爲他是個偉大的政治家。不過從前對他的評價多半是否定的。從他死後，十二世紀南宋以來，直到本世紀初清朝末年，在中國以及儒學影響下的日本，一般史學家都對他大施攻擊，或罵他爲古今第一小人，或譏他狂惑喪心，得罪於名教，或甚至把宋朝的滅亡歸罪於他的變法運動。但把作爲政治家的毀譽褒貶撇開不談，王安石在詩史上的地位與名望，自南宋以來，卻一直屹立不動，很少人表示過異議。他的《臨川先生文集》一百卷之中，三十七卷是詩；收有古詩約四百首，律詩絕句約一千首。

王安石生於仁宗即位前一年（一〇二一）。慶曆二年（一〇四二）他二十二歲時，就已進士及第，而且在八百三十九人中排在第四名。歐陽修大他十四歲，早他十二年中進士，對這個同鄉的後起之秀非常賞識，極力設法提拔他，替他在京城裡安排良好的職位。可是王安石的反應卻相當冷淡，在歐陽修及其同黨執政的仁宗之世，他居然一再主動地請求留在地方。他自己解釋說，做地方官薪水比較高，而且有更多的時間可供讀書。五古〈韓持國見訪〉有句云：「治民豈吾能？閑僻庶可偷。」

不過，王安石之所以自願留在地方，顯然有別的用意與理由。他看到歐陽修等老一輩的重臣，儘管恢復了儒家的崇高地位，建立了文化的新體制，自以爲勞苦功高，沾沾自喜，其實多屬空談而難於實行。堯舜之世或夏商周三代，既然是古代儒家的理想典型，那時所實行的應該是以人民幸福爲中心的政治。但這些高居要職的重臣們，口頭上儘管談的頭頭是道，卻無心也無能去重新創造儒

王安石（一〇二一－一〇八六）
——從南薰殿舊藏「聖賢畫冊」

家的理想世界。王安石對他們的不滿、懷疑或厭惡是可以想像得到的。他在地方輾轉服務期間，總是積極地進入民間，了解人民的甘苦。這種實際的經驗與見聞，無疑地更增加了他對朝中重臣的反感。

王安石有一首題爲〈兼并〉的五言古詩，以「三代子百姓，公私無異財」起句，讚美古代沒有私有財產的制度，接著批評自秦以來的地主兼并惡習，最後以攻擊當道官吏的腐敗與同情百姓作結：

俗吏不知方，掊克乃爲材。
俗儒不知變，兼并無可摧。
利孔至百出，小人私闔開。
有司與之爭，民愈可憐哉。

又有一首五古〈發廩〉，題目是開放常平倉以濟饑民之意。其中說：「後世不復古，貧窮主兼并，」也是主張恢復古代制度，排除「兼并」之風，解救貧窮之民。因爲他在地方目睹貧富懸殊，至於「市有棄餓嬰」的慘狀，所以「願書七月篇，一寤上聰明」，就是想效法《詩經》〈豳風〉中的〈七月〉一詩，描寫民間的痛苦，提醒高高在上的統治者。

不幸的是當時能夠了解他的同志卻不多。〈次韻吳季野再見寄〉云：

衣裘南北弊風塵，志格卑污已累親。
流俗尚疑身察察，交游方笑黨頻頻。
遠同魚樂思濠上，老使鷗驚恥海濱。
邂逅得君還恨晚，能明吾意久無人。

在地方做官，經常南來北去，東奔西跑，不但衣服外套都被風塵磨破，連自己的志趣格調也顯得卑污起來，怕早已叫父母覺得沒面子了。「察察」是潔白的樣子，語見《楚辭》的〈漁父〉：「安能以身之察察，受物之汶汶乎？」雖然我如此爲公事奔波勞碌，一般「流俗」的人們卻還要對我爲人的清白表示懷疑；甚至與我「交游」的朋友不但不同情我，反而笑我熱衷於黨同伐異，搞派系。這眞是何苦來！其實如果爲自己打算，還不如掛冠退隱，落個清靜，免得吃力不討好。遙想古代莊子與惠子遊於濠梁之上，看到水裡從容出游的魚，而開始辯論怎麼知道魚是否快樂的問題（見《莊子》〈秋水〉篇）。我眞希望像魚那樣，享受些從容不迫、自由自在的樂趣。又聽說古時候有一個少年，每天一早就到海濱去跟海鷗作伴遊玩。有一天，他父親叫他捉一隻來看看。可是第二天他照常到海濱時，海鷗都不肯下來跟他玩兒了（見《列子》〈黃帝〉篇）。我大概很像那個老父親，總是作些驚動海鷗的笨事，也就是說，我只要有所發言或舉動，就不免招來物議，引起別人的猜忌。比起那個天眞的海濱少年來，實在覺得慚愧之至。不過就在這樣遭受著冷眼冷語的時候，我卻有幸與你「邂逅」而認識，只是遺憾我們認識得太晚了些。我一直在期待著能夠眞正了解我的抱負的人，不知等了多久了，現在總算如願以償，碰到了你這樣的知己。

下面的五言古詩，可以說是用象徵的方法，寫出了王安石當時的心境，題爲〈黃菊有至性〉：

團團城上日，秋至少光輝。
積陰欲滔天，況乃草木微。
黃菊有至性，孤芳犯群威。
采采霜露間，亦足慰朝饑。

首四句大概是說，宋朝雖然還像城上太陽，表面上顯得明亮和平，但其實已經到了秋天，光輝已大爲減少。「積陰」即陰寒的雲氣積在空中，彷彿就要籠罩整個世界。況且「草木」，可能比喻貧苦百姓，在寒氣侵襲下早已衰微，奄奄一息了。後四句轉而以黃菊自喻。黃菊有至善完美的品質，在萬花凋零的秋天，不怕「群威」，種種威脅或壓力，惟我獨尊，孤芳自賞。屈原在〈離騷〉裡說：「朝飲木蘭之墜露兮，夕餐秋菊之落英。」我也要像屈原那樣，以高貴純潔的心情，採取傲霜凝露的菊花，來充實我清晨饑渴的心腸。這裡的象徵意義是很明顯的。

王安石當然不是始終都留在地方。有時他也奉詔任職於首都。但在首都的期間，他經常謝絕應酬，同事間的宴會很少去參加。有人來看他，也不請人喝酒。他除了辦公之外，似乎多半躲在書房裡。〈平甫歸飲〉有句云：

我官雖在朝，得飲乃不數。

詩書向牖户，賓至無杯杓。
空取上古言，醻之等糟粕。
有如揚子雲，歲晚天祿閣。

他也不善於奉承權勢。〈青青西門槐〉云：

人情甘阿諛，我獨倦請謁。
尤於權門疏，萬事亦已拙。
平生江湖期，夢寐不可過。
青青西門槐，少解馬上暍。

「請謁」就是禮貌上的拜訪，對長官而言。

嘉祐元年（一〇五六），王安石三十六歲，在首都任群牧判官，首次與歐陽修見面。顯然歐陽修對這個後輩的印象非常好，覺得後繼有人，極爲興奮。從他的〈贈王介甫〉一詩，可以看出他當時的心情：

翰林風月三千首，吏部文章二百年。
老去自憐心尚在，後來誰與子爭先。

朱門歌舞爭新態，綠綺塵埃試拂絃。
常恨聞名不相識，相逢罇酒盍留連。

詩中的「翰林」與「吏部」，分別指李白與韓愈，足見歐陽修對王安石推許寄望之高。但王安石對這個當時的政界與文壇的要人，卻似乎止於表示了點禮貌上的敬意，而始終採取了不即不離的態度。

從此以後，王安石的人品很快地變成了聚訟紛紜的對象。有人誇獎他是罕見的清廉正直的人物，也有人批評他是孤傲剛愎的怪人。有個故事說，王安石有一年春日，參加宮中每年舉行的「賞花釣魚宴」，糊里糊塗誤吃了盛在金盆裡的魚餌。仁宗帝知道了這件事，就說他本來吃了一粒發現是魚餌之後，應該馬上停止，可是他卻硬要全部吃完，眞是個頑固不化的人（見《河南邵氏聞見前錄》卷二）。另有一個謠言說，蘇軾之父蘇洵在歐陽修家初識王安石，看到他面垢不洗衣垢不澣，「囚首喪面而談詩書」，覺得此人「不近心情」，就寫了那篇有名的〈辨姦論〉，指他如果得勢，一定會變成「大姦慝」，警告大家要事先防備。這些故事諍言，可能是王安石的反對黨捏造出來中傷他的。

在焦躁與孤獨之中，王安石也開始感到自己老了。律詩〈次韻酬鄧子儀二首〉的第一首云：

青溪相值各青春，老去臨流輒損神。
事事只隨波浪去，年年空得鬢毛新。

論心未忍遺橫目，干世還憂近逆鱗。
嘉句感君邀我厚，自嗟才不異常人。

「青溪」在南京，是王安石與鄧子儀年輕時住過的地方。就在那裡，他們兩人相識而一起渡過青春時代。同題第二首裡，也追憶那段相處的日子說：「金陵邂逅府東偏，手得新蒲每共編。」可是現在呢？面對著象徵時間之推移的流水，我感到自己已到了精神損傷的年齡了。世上萬事總會隨著時間之流而消失；自己頭上的白髮總會隨著年齡而增加，那是無可奈何的事。「橫目」是一般百姓，語出《莊子》〈天地〉篇：「夫子無意於橫目之民乎？」又「逆鱗」語出《韓非子》〈說難〉篇：「人主亦有逆鱗，說者能無嬰人主之逆鱗，則幾矣。」就是以龍喻君子，觸怒天子的意思。若要談我的心胸抱負，只有一件事我是絕對不忍放棄的，那就是我一定要想辦法解求百姓的痛苦。爲了這個緣故，我難免要干涉世事，結果恐怕還會觸怒皇上，甚至招來不幸。「干世」這一句，大概指他主張變法的「上皇帝萬言書」而言。承你在送我的詩裡，對我有所嘉獎，如此厚誼，我當然非常感激。只是自歎自己不過是個平凡的人，並沒有什麼特殊的才幹，恐怕會辜負你的期望。

王安石「上皇帝萬言書」是在仁宗嘉祐三年（一〇五八），不但得不到什麼重視，反而招致了朝臣們更大的猜忌。幾年之後長久的仁宗之世終告結束。繼位的是病弱的英宗，不到四年就去世。於是，那時才二十歲的神宗皇帝即位，改年號爲熙寧。神宗即位後不久，就召見了王安石，於熙寧二年（一〇六九）擢爲參知政事。這年王安石四十九歲，耐心等了多年的機會終於來到，便把生平所懷抱的政治理想，以救濟農民、鞏固國防爲中心，廣泛地實行了農田、水利、青苗、均輸、保甲、免役、市易、保馬、方田等政策。這就是歷史上有名的所謂「新法」的變革運動。可是這一來，卻難免得罪了一向支持他的歐陽修、韓琦、富弼等老一輩的大臣們。這些人對他的批評或毀謗，以後八百多年代代相傳，一方面爲過去的學者提供了貶他的重要資料，一方面爲現代的學者豫備了褒他的反面根據。不過，王安石對這些反對他的長輩卻毫不客氣。如他在神宗面前曾批評歐陽修「善附流俗，……。如此人，在一郡則壞一郡，在朝廷則壞朝廷，留之何用！」（畢沅《續資治通鑑》卷六十八、宋紀神宗熙寧四年）。

王安石對長輩們的反抗，並不限於政治方面。在文學方面也時有齟齬的地方。從他慶曆三年（一〇四三）所寫的〈張刑部詩序〉，可見他在原則上，與歐陽修一樣，也反對「西崑體」，主張詩要有思想。例如在上舉〈兼并〉、〈發廩〉等詩裡，表示了他的社會意識與政治見解；又在〈擬寒山拾得二十首〉等處，展開了他的人生觀與哲學思想，都是歐陽修路線的延長或擴大。就這方面說來，王安石可以說是北宋的典型詩人。

但在同時，王安石對歐陽修詩的好說道理、偏重敘述，覺得足以妨礙詩歌應有的抒情性，似乎頗不以爲然。譬如說，他對歐陽修極力推崇的韓愈的文學，就曾經採取批判的態度。七言絕句〈韓子〉云：

紛紛易盡百年身，舉世何人識道眞。
力去陳言誇末俗，可憐無補費精神。

人生是那麼短促，轉瞬間就會消失，即使終生追求眞理，世界上到底有多少人能夠辦到呢？韓愈雖然「力去陳言」爛調，嚇嚇俗人而已。恐怕他的努力「無補」於事，白費精神，並沒什麼值得誇耀的地方。這首詩表面上固然在奚落韓愈，說不定也在間接地批評歐陽修。

王安石自有他欽佩的前代詩人。杜甫就是一個。前面說過，杜甫在詩史上的地位，在王安石以前還在不定之中，連歐陽修都不見得能夠欣賞。可是，王安石對杜甫卻是絕對的推崇。在一首題爲〈杜甫畫像〉的五古裡，王安石一開始就說：「吾觀少陵詩，謂與元氣侔，力能排天斡九地，壯顏毅色不可求。」把杜詩比爲宇宙原始之氣。接著說：「醜妍巨細千萬殊，竟莫見以何雕鎪，」推服杜甫觀察力的精密細緻與表現力的自然純熟。然後同情杜甫一生的不遇，感歎杜甫忠貞不屈，己饑己溺的精神，流露出惺惺相惜之意。而終以「所以見公像，再拜涕泗流。惟公之心古亦少，願起公死從之游」作結。現在大家都公認杜甫是中國詩史上最偉大的詩人，王安石可說是加以推崇的第一人。

王安石顯然有意模仿杜甫的詩，尤其在作律詩的時候。如五言律詩〈旅思〉一首，大概作於不遇的時代：

此身南北老，愁見問征途。
地大蟠三楚，天低入五湖。
看雲心共遠，步月影同孤。
慷慨秋風起，悲歌不爲鱸。

北宋末年的唐庚在《唐子西語錄》裡說：「王荊公五字詩，得子美句法。」並引此詩頷聯爲證。其實，頸聯「看雲心共遠，步月影同孤」，學杜詩「片雲天共遠，永夜月同孤」的痕跡，更爲明顯。尾聯典出《晉書》卷九十二〈張翰傳〉：「翰因秋風起，乃思吳中菰菜蓴羹鱸魚膾曰：『人生貴得適志，何能羈宦數千里以要名爵乎？』遂命駕而歸。」不過，王安石卻反其意而用之。

王安石之所以尊重杜甫，不用說，固然是由於杜甫是個關心政治、同情人民的詩人，但我認爲杜甫詩中豐富的抒情性，也該是重要的原因之一。如前所述，歐陽修是揚李白而抑杜甫，但王安石卻正好相反。據宋胡仔《苕溪漁隱叢話》前集卷六所引《鍾山語錄》說，王安石編杜甫、歐陽修、韓愈、李白的詩，合爲《四家詩選》，把李白排在最後，理由是李白詩「識見污下」，以其「十首九首說酒及婦人」。不過，也有人懷疑王安石會說這樣的話。如陸游曾經加以辯解說：「恐非荊公之言。白詩樂府外，及婦人者實少，言酒固多，比之陶淵明輩亦不爲過。此乃讀白詩不熟者妄立此論耳。」（《老學庵筆記》卷六）

不僅是對杜甫詩而已。王安石對於全部唐詩的抒情精神，似乎相當嚮往，而作過重新檢討與評估的工作，編了一本《唐百家詩選》。據其自序說：「余與宋次道(敏求)同爲三司判官時，次道出其家藏唐詩百餘編，委余擇其佳者，次道因名曰『百家詩選』。……欲知唐詩者，觀此足矣。」他的選擇雖然不見得妥當，但這本書是唐朝以後，最早的唐詩選集之一，自有不可忽略的價值。在所謂《百家》之中，也包括了許渾、韓偓等晚唐的感傷詩人。又據《苕溪漁隱叢話》卷二十二所引《蔡寬夫詩話》，王安石晚年開始認識李商隱的好處，認爲在模仿杜甫的唐人之中，這個曾被宋初「西崑」派奉爲宗主的晚唐詩人，學杜甫學得最像，工力也最高，並且舉出「池光不受月，暮氣欲沈山」等聯爲證，大加讚賞。

王安石既是大政治家，而另一方面，又喜歡極重抒情而無關政治的詩歌，顯得不免有矛盾之嫌。但這兩種顯得矛盾的傾向，歸根結柢，也可以說是出自他的中心性格——潔癖——的不同表現。他似乎總覺得詩應該以抒情爲主。事實上，他詩中的抒情味，在同代各家之中，的確是最濃厚的。

王安石在朝廷任宰相的數年間，政務繁忙，作詩作得並不多。神宗熙寧七年（一〇七六），所謂「新法」的各種變革措施大致已經就緒，便把政務交給後進呂惠卿及其同黨，以觀文殿學士吏部尚書知江寧府的官銜，在現在的南京開始了半退隱的生活。雖然他的原籍是江西臨州縣，但江寧卻是他生長的地方。

誰似浮雲知進退，纔成霖雨便歸山。

這是七律〈雨過偶書〉的尾聯，表現了他退出吃力不討好的官場，進入隱居生活的心境。他住的是孤立在野外的一棟簡樸的房子，位於南京東門與東郊名勝蔣山的當中，距兩地各七里，所以替他自己起了個別號叫「半山」，就是從城裡半山路到蔣山的意思。他房子周圍沒有籬笆，有人勸他應該有籬笆才好，他只是笑而不答。那時候，他幾乎每天騎著驢子，帶著幾個隨從，到附近的寺廟去散步玩賞。有個門生勸他坐轎子比較舒服，他拒絕了。理由是不能拿人當動物使用，那是不人道的。門人只好作罷（見《苕溪漁隱叢話》前集卷三十七引《冷齋夜話》）。

神宗之世後半期元豐年間（一〇七八—一〇八五），王安石一直住在南京郊外，埋頭讀書、思索、著述，也作了不少詩。那時所作的很多是吟詠附近風景的七言絕句。正如他在年輕時所說：「顧於山水間，意願多所合」（〈韓持國從富并州辟〉），他是個喜歡遊山玩水的人。下面幾首都是他退隱後的作品。〈誰將〉云：

誰將石黛染春潮，復撚黃金作柳條。
西崦東溝從此好，筍輿追我莫辭遙。

寫春日出遊的觀感。「筍輿」就是竹子作的轎子，可見他並不是完全不坐使用人力的交通工具。最後一句是說，抬轎的哥兒們，我要西崦東溝地到處跑，麻煩你們老遠地接我送我，請別說不幹，眞是辛苦你們了。又〈楊柳〉云：

楊柳杏花何處好，石梁茅屋雨初乾。
綠垂靜路要深駐，紅寫清陂得細看。

然而在清靜安詳的自然之中，王安石最關心的還是一般農民的生活。〈清明〉云：

東城酒散夕陽遲，南陌秋千寂寞垂。

人與長瓶臥芳草，風將急管度青陂。

「秋千」即鞦韆。趁著清明節聚在一起喝酒的那些農民，看看夕陽已快西下，都紛紛回家去了。剛才在盪鞦韆玩兒的姑娘們也已不見，只有鞦韆寂寞地垂在那裡。可是有人喝醉了酒，抱著大酒瓶臥在草地上。忽然從隄防那邊又傳來了笛子的聲音，大概有人意猶未盡，又開始喝酒作樂起來了。這是一幅農村的歡樂景象。春天是播種的季節，這年大概風調雨順，於是有秋季的豐收。王安石在元豐年間曾作〈歌元豐五首〉，第一首云：

水滿陂塘穀滿篝，漫移蔬果亦多收。
神林處處傳簫鼓，共賽元豐第一收。

王安石看到農民慶祝豐收的情形，也許覺得這是他「新法」運動的成果，內心得意之情是可想而知的。

可是，他最後幾年卻在失意中結束他的一生。元豐八年(一〇八五)神宗去世，他的政敵舊黨司馬光東山再起，一旦政權在握，便廢止了一切「新法」，把舊制全部恢復過來。過了一年，王安石就死了。

要之，王安石的詩，如其人品如其政治，有吹毛求疵的潔癖，也有敏銳過人的感性。因爲敏銳，所以傾向於抒情。可是他也與其他宋代詩人一樣，並不陷溺於悲哀而不能自拔。就他的情形而言，可能是他在學問上政治上的潔癖，發生了抑制悲哀的作用。譬如他在七律〈李璋下第〉裡，安慰這個晚輩說：

學如吾子何憂失，命屬天公不可猜。
意氣未宜輕感槩，文章尤忌數悲哀。

這是詩中的兩聯，雖在勸人亦在勵己，足見王安石努力避免怨天尤人、抑制悲哀感傷的態度。最後，我想再舉兩首五言絕句。這兩首表現了王安石的敏感與潔癖，可作他的自畫像讀。一是〈芳草〉：

芳草知誰種，緣堦已數叢。
無心與時競，何苦綠葱葱。

「葱葱」是豐盛而清新的意思。又一首題爲〈梅花〉：

牆角數枝梅，凌寒獨自開。
遙知不是雪，爲有暗香來。

第二節　蘇軾

宋詩第一大家蘇軾(一〇三六—一一〇一)，字子瞻，號東坡居士，暱稱坡公或坡仙。蘇軾與其父蘇洵(一〇〇九—一〇六六)，字明允，號老泉山人，以及其弟蘇轍(一〇三九—一一一二)，字子由，號穎濱遺老，也都是散文能手。在中國文學史上所謂「唐宋古文八大家」之中，蘇氏父子居其三，號爲三蘇。通常以蘇洵爲老蘇，蘇軾爲大蘇，蘇轍爲小蘇。又有人按著排行，分別尊稱蘇軾爲長公，蘇轍爲次公。他們父子三人固然都是古文大家，但除了蘇軾之外，其他兩人都沒什麼詩名。蘇軾一生也被捲入新舊兩黨鬥爭的旋渦裡，在官場上浮沉起伏，屢遭流放，遠至海南。雖然在死前已獲得大赦，洗刷了誣謗之罪，恢復了清白之譽，但死後過了約七十年，到了南宋乾道六年(一一七〇)，孝宗皇帝才追贈蘇軾爲太師，以及蘇文忠公的諡號。

蘇軾較之他的政敵王安石，晚十五年出生，晚十五年進士及第，而且晚十五年去世；不能不說是奇異的巧合。蘇軾於仁宗景祐三年(一〇三六)十二月十九日(按西曆推算，應是一〇三七年初)，生於四川省眉山縣。以後幾百年來，每逢「東坡生日」，總有騷人墨客舉行雅集，喝酒吟詩，變成了慣例。嘉祐二年(一〇五七)，即仁宗在位第三十六年，蘇軾二十一歲，與其弟蘇轍同登進士科，又同策制舉。那年知貢舉，即典試委員長是歐陽修，梅堯臣亦爲典試委員之一。在以前中國雖有學校制度，但是多半有其名而無其實，形同虛設，自然沒有什麼師生關係可言。當時所謂門戶派系的結成，大都依靠科舉典試官與及第者之間的關係。因此，蘇軾也就變成了歐陽修的直系弟子，開始

蘇軾（一〇三六—一一〇一）
——從南薰殿舊藏「聖賢畫冊」

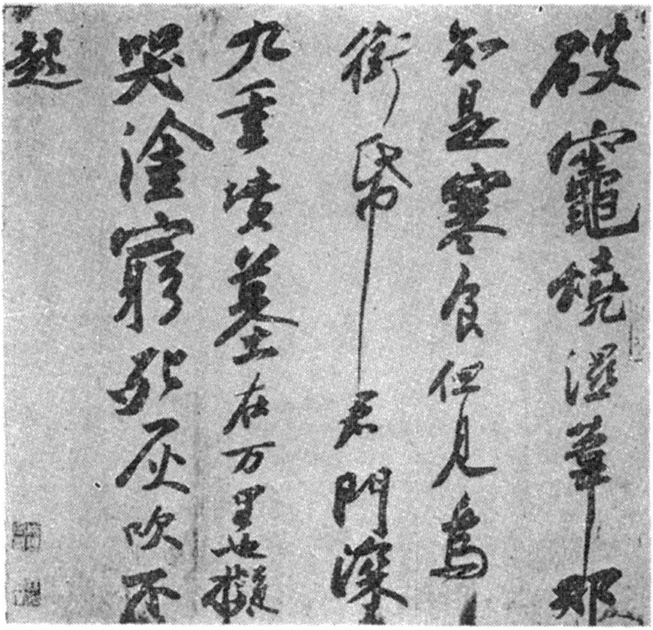

蘇軾・黃州寒食詩卷

了他在政界及文壇的活動了。恰好在那時候，歐陽修也看出了曾寄以厚望的王安石，已經別具肺腸，頗有獨樹一幟的跡象，正在失望之際，對於這個優秀的新弟子，愛護備至，更為推許。歐陽修在興奮之餘，曾告訴梅堯臣說：「老夫當避此人放出一頭地。」（蘇轍〈東坡先生墓誌銘〉引）

但是蘇軾進士及第後，其母不久去世，不得不歸鄉丁憂。兩年服喪期滿了後，便於嘉祐四年（一〇五九），二十四歲冬天，陪著父親和弟弟再度上京。路上乘舟經過長江三峽峽口時，蘇軾作了一首七古〈江上看山〉，可能是他傳下的詩中最早的一首：

船上看山如走馬，倏忽過去數百群。
前山槎枒忽變態，後嶺雜遝如驚奔。
仰看微徑斜繚繞，上有行人高縹緲。
舟中舉手欲與言，孤帆南去如飛鳥。

「孤帆」指蘇軾所坐的船。詩中前半部寫「船上看山」，把高高低低的崇山峻嶺比作奔馳的無數馬群，在眼前一群一群地飛逝過去。如此敏銳的觀察、豐富的想像，加上善用比喻的手法，都在後來變成了蘇軾詩的特色。又詩中後半部，他看到山上行人，也許是樵夫也許是農民，便從船上向他們招手，想跟他們說話。蘇軾一生關切人類的博愛精神與天性，在這裡也開始流露出來了。

再過兩年，即嘉祐六年（一〇六一），蘇軾二十六歲，授大理評事，出任陝西省鳳翔府簽判。這是他正式官歷的開始。英宗治平二年（一〇六五）召入首都，任職於史館。有一年遼國使者來朝，蘇軾爲禮賓官，據說使者曾經背誦蘇軾、蘇洵、蘇轍的作品。可見那時三蘇的文名早已傳到外國了。

神宗熙寧五年（一〇七二），歐陽修去世，享年六十六歲。蘇軾三十七歲，轉任杭州通判。官職雖微，他在文學上的影響與名聲，已在其師歐陽修之上。由於他的爲人和藹可親，喜歡熱鬧，所以吸引了不少青年才俊，拜他爲師。可是，他在官場上是不得志的。當時正好王安石當權，積極地推行著「新法」運動。蘇軾愛好自由自在的天性，使他本能地厭惡「新法」或所有不合人情的律令。有句云：「讀書萬卷不讀律」（〈戲子由〉），就是這種態度的表現。他又在〈石鼓歌〉裡，批評秦朝說：「掃除詩書誦法律，投棄俎豆陳鞭杻。」蘇軾認爲王安石的「新法」措施，就是一種殘酷的法律統制，只能增加人民的不幸，所以一再加以攻擊與非難。他對於王安石的科舉制度的改革，廢止「詩賦」課目而重視「經義」與「論策」的政策，反對得最厲害。結果得罪了新黨，爲了遠離是非之地，便自己請求到杭州去做通判。不過，儘管王安石與蘇軾在政治上，由於意見不同而至於互不相容，好漢到底能識好漢，兩人之間卻也時有惺惺相惜的時候。如蘇軾四十歲，在山東密州做知事時，作了七律〈雪後書北臺壁二首〉，其二云：

城頭初日始翻鴉，陌上晴泥已沒車。
凍合玉樓寒起粟，光搖銀海眩生花。
遺蝗入地應千尺，宿麥連雲有幾家。
老病自嗟詩力退，空吟冰柱憶劉叉。

王安石顯然很欣賞這首詩，曾用其韻，寫了〈讀眉山集次韻雪詩五首〉、〈讀眉山集愛其雪詩能用韻復次韻一首〉，前後共六首。如前題之一云：

若木昏昏末有鴉，凍雷深閉阿香車。
摶雲忽散簁爲屑，剪水如分綴作花。
擁篲尚憐南北巷，持杯能喜兩三家。
戲挼弄掬輸兒女，羔袖龍鍾手獨叉。

但王安石退隱江寧，呂惠卿等繼行「新法」之後，政治空氣越變越險惡。元豐二年（一〇七九），蘇軾任浙江省湖州知事時，被逮捕押回首都，關入御史臺獄。起訴書控他譭謗朝廷，證據是「讀書萬卷不讀律」等詩句。蘇軾本來想「緣詩人之義，託事以諷，庶幾有補於國」（〈東坡先生墓誌銘〉），沒料到因而身入囹圄。這年他四十四歲，自覺得這次大概非死不可了。

幸而他終於被放了出來。固然他的反對黨很想把他處死，神宗皇帝畢竟憐惜他的才幹器識，幾經斟酌之後，把他貶到湖北黃州做團練副使。蘇軾在謫居黃州五年之間，產生了〈寒食雨二首〉、前後〈赤壁賦〉等不少詩詞歌賦散文傑作。蘇軾素來信奉抵抗的哲學，所以在逆境中顯得更爲堅強。流放的生活並沒有摧毀了他，反而使他的思想與文學獲得了更自由更充沛的發展機會。

元豐七年（一〇八四），蘇軾四十九歲，他的行動已不大受限制了。在前往常州時路過金陵，曾經去訪問隱居在那裡的王安石。他們兩人互相尊敬的心情，分別表現在當時所作的詩裡。蘇軾作的題爲〈同王勝之游蔣山〉，是一首五古，王安石的是〈和子瞻同王勝之游蔣山〉，有短序云：「子瞻同王勝之游蔣山有詩，余愛其『峰多巧障日，江遠欲浮天』之句，因次其韻。」蘇軾又有〈次荊公韻四絕〉，用王安石〈池上看金沙花數枝過酴醾架二首〉及〈北山〉詩的韻，有句云：「勸我試求三畝宅，從公已覺十年遲」，雖然感歎相知之恨晚，但兩人想拋棄舊怨、互相欽慕之情，顯然可見。因此，儘管他們在政見上互不相容，我們是不能以小人之心度君子之腹的。

翌年神宗去世，其子哲宗即位，由太皇太后攝政，於是政治局勢大變。革新派新黨失勢，保守派舊黨司馬光做了宰相。王安石眼看著自己創行的「新法」政策，一下子全部瓦解，在悶悶之中離開了人間。但過了一年，即元祐元年(一〇八六)，新宰相司馬光也跟著去世了。這一來，蘇軾自然被推爲舊黨的領袖，與其弟蘇轍同在朝中，頗受太皇太后的信任，終於在政治上也變成了歐陽修的繼承者。可是，蘇軾畢竟心直口快，敢言人之不敢言，難免得罪別人，覺得朝廷裡是非太多，知道一定會惹來麻煩，所以屢次請求外任，前後做過浙江杭州、安徽穎州、江蘇揚州等地的知事。有句云：「此生終安歸，還軫天下半。」(〈上巳日與二子迨過游塗山荊山記所見〉)，透露了那時東奔西跑、居無定所的感慨。

果然，政治局勢如車輪，也能向後倒退。太皇太后於元祐八年(一〇九三)去世，哲宗親政。次年改年號爲「紹聖」，取紹復先帝聖政之意，伺機再起的新黨又抓過了政權，蘇軾是他們的眼中釘，自然非遭殃不可。他不但被奪掉了龍圖閣學士兼端明殿學士等官銜，而且又開始了流放的命運。他先被貶到廣東惠州三年，然後遷到現在的海南島。但這次的逆境又促進了他的文學靈感與創作，而產生了不少所謂「東坡海外文章」的傑出作品。

哲宗於元符三年(一一〇〇)去世，其弟徽宗即位，朝裡的政治鬥爭開始緩和下來。蘇軾獲赦離開海南。次年改元「建中靖國」元年(一一〇一)。他在北歸途中，卒於江蘇常州，年六十六。

蘇軾與王安石不但在政治立場上互相對立，在爲人處世方面也彼此不同。王安石的主要性格是潔癖，表現在從政態度上，表現在文學活動中，也表現在日常生活裡。不理解他的人常把他的潔癖誤以爲肝火暴躁，誤以爲吹毛求疵。相反的，蘇軾天性曠達豪放、無拘無束，所以也就能夠自由自在地發揮他廣泛的才能。他是所謂古文大家之一，曾經自評其文云：

> 吾文如萬斛泉源，不擇地而出。在平地，滔滔汩汩，雖一日千里無難。及其與山石曲折，隨物賦形，而不可知也。所可知者，常行於所當行，常止於不可不止。如是而已矣。其他雖吾亦不能知也。(津逮祕書本《東坡題跋》卷一)

除了詩文之外，蘇軾亦善書畫，爲早期文人畫先驅畫家之一。好座談而愛諧謔。平易近人，不擺架子。他喜歡與群眾接觸，群眾也喜歡與他往來。只是他並非沒有自己的原則與理想。如後所述，他往往在詩裡表現他的哲學思想。他的個性儘管豪放，但神經細密、感覺入微，而又能自我節制，不偏不倚，適可而止。他喜歡談酒而其實酒量甚小。有：「我雖不解飲，把琖意已足」、「我本畏酒人」、「我性不飲只解醉」等句。

蘇軾的詩，像他的散文一樣，把他自己廣泛豐富的才情器識，盡量地、毫無保留地流露出來，頗有一瀉千里之勢，所以在宋詩中規模最大，格調最高。首先，他把歐陽修以來的敘述傾向，繼續加以強調，發揮到極為成熟的地步。如初進官場為陝西鳳翔府簽判時所作的〈鳳翔八觀〉八首，以及後來任杭州通判時所作的〈遊金山寺〉，或寫器物字畫，或詠風物古跡，或記遊覽見聞，大都是以敘述為主的作品；即此已足以嘗鼎一臠，不必多舉。而且他的敘述技巧，總是出之於奇警的觀察、想像與比喻。如「登高回首坡壟隔，但見烏帽出復沒」（〈辛丑十一月十九日既與子由別於鄭州西門之外馬上賦詩一篇寄之〉），就是早期詩的一例。晚年的比喻手法，更臻成熟，頗多神來之筆。例如他被遷謫海南島時，有題為〈行瓊儋間肩輿坐睡夢中得句云(下略)〉的五古，中有句云：

四周環一島，百洞蟠其中。
我行西北隅，如度月半弓。
登高望中原，但見積水空。
…………
千山動鱗甲，萬谷酣笙鐘。
安知非群仙，鈞天宴未終。

這首詩很長，寫實境，運幻想，極其酣暢，像「如度月半弓」的明喻，大含細入，恰到好處。蘇軾對這首詩顯然頗為得意，所以結尾處說：「應怪東坡老，顏衰語徒工。」他如形容小孩讀書說：「孺子卷書坐，誦詩如鼓琴。」也是難得的佳句。

蘇軾詩表面上所洋溢的才華，固然氣象萬千，奪人耳目，但他的詩之所以高人一等，卻是由於其中所含的開闊的胸襟、溫厚的人格——彷彿「萬斛泉源」一般，滲透於字裡行間，雖然隱約不顯而其實所在皆有。就是他這種偉大的胸襟與性格，終於使他完全擺脫了向來詩人固執於悲哀的習慣，而爲宋詩，甚至在中國詩史上，開創了一大新境界，樹立了莫大的功績。

宋以前的中國詩，如在〈序章〉裡說過，常以悲哀爲主題，由來已久，可以說根深柢固，很難改變過來。宋詩最大的成就或最特出的性質，就在於擺脫了以悲哀爲主的抒情傳統，而首先完成這個任務的卻非等到蘇軾的出現不可。當然，在蘇軾以前，歐陽修已經有了擺脫悲哀的傾向。但歐陽修還停留在有意無意之間，並不十分積極。他對付悲哀的方法，只是盡量保持平靜的心境，可以說是一種消極的態度。梅堯臣的態度也大致相同。

然而蘇軾的情形是積極的，是有意爲之的。他的達觀的哲學思想，使他能夠從容地用各種眼光去觀察多方面的人生現實，而達到了超越悲哀的境界。他的作品之所以如此充實而令人感佩，他那溫厚偉大的人格無疑是重要原因之一。下面我想根據他的詩，詳細地追尋一下他的達觀哲學的成立並發展的過程。

蘇軾的達觀哲學，超越或揚棄悲哀，尋根問底，顯然來自人生並不一定充滿著悲哀的認識。人生到處有悲哀，那是不用說的；但悲哀絕不是構成人生的唯一成分。有悲哀就有歡樂。悲歡哀樂搓成一條繩子，就是人生。只知有悲哀而不知有歡樂，不是愚蠢就是糊塗。再進一步想一想，難道通常所謂不幸都是眞的不幸，都會產生悲哀？對於這個問題，如果從不同的角度或以更廣的眼光，重新加以檢討的話，答案可能會不一樣的。

蘇軾四十五歲被貶到黃州，首先住在定惠院，不久遷到稍爲像樣的寓所，有五言古詩〈遷居臨臯亭〉一首，就是表現他達觀哲學的一個例子：

我生天地間，一蟻寄大磨。
區區欲右行，不救風輪左。
雖云走仁義，未免違寒餓。
劍米有危炊，鍼氊無穩坐。
豈無佳山水，借眼風雨過。
歸田不待老，勇決凡幾個。
幸茲廢棄餘，疲馬解鞍馱。
全家占江驛，絕境天爲破。
飢貧相乘除，未見可弔賀。
澹然無憂樂，苦語不成些。

如果稍加分析與演繹，這首詩的意思大約如下：我這個存在於天地之間的生命，活像寄居於大磨子上的螞蟻，雖然有意往右走去，但磨子總是向左旋轉，眞是勞而無功，一點辦法也沒有。「風輪」語出《楞嚴經》：「有風輪執持世界。」也可以說是人生命運的主宰。我正因爲知道人生畢竟逃不掉命運的控制，所以總勸自己要以仁愛義氣爲處世的原則。儘管如此，還是不免要像目前這樣挨寒受餓。但老實說，寒餓還不算什麼。談到人的自覺或希望與境遇之間的矛盾，還有更極端的前例可援。譬如從前有人誇下海口，聲言他可以坐在劍尖兒上，表演洗米煮飯的絕技。那簡直是自尋死路，危險到了極點（典出《晉書》列傳六十二〈顧愷之傳〉）。又有像杜錫那樣的忠臣，明知太子不高興，還要不停地加以規諫。太子被他說得不耐其煩，爲了報復他，竟在他常坐的氈子裡藏了針，把他刺傷流血了（見《晉書》列傳四〈杜錫傳〉）。如此看來，一個人如果自不量力或心直口快，即使出於好意，大概也不會有什麼好報應，反而自食惡果。反省一下自己過去的言行舉動，恐怕也跟這些鋌而走險的人一樣，難怪會有今天的遭遇了。

不過，撇開人間的遭遇不說，天地間到底還有可供賞心悅目的東西。看那自然界裡可不是有美麗的山水嗎？美中不足的是那些山水卻經不起風吹雨打，就在我的眼前，變得衰敗零落，失去了原來的美麗。自然本身是和諧的表徵，不應該含有矛盾，以便慰悅人心。但連這個大自然也要作弄人，故意與人構成矛盾關係，使人大失所望。其實，人生最大的痛苦，追根究底，還是來自人本身內在的矛盾。那麼，在這天地之間有沒有地方，可以減少內心的矛盾以及因矛盾而產生的痛苦？有的。那就是自己出生的故鄉田園。既然如此，爲什麼不馬上就回去？爲什麼一定要等到年老呢？但想是這麼想，世上肯在少壯時就決定激流勇退的，到底能有幾人？這麼一想，又增加了一種矛盾。的確，我自己就是這樣。我雖然希望自己早日「勇決」，退隱故鄉田園，只因遲遲下不了決心，今日終於落得成了個流人。我的生命已像被棄的廢物，沒什麼前途可言。然而換個看法，細想起來，說不定我還是幸運的；就像我那匹疲憊的馬，解下了鞍，卸下了貨，可以鬆口氣一般。我是應該知足的。爲什麼呢？因爲儘管是個流人，妻子卻在身邊。一家不但得到了團圓的機會，而且又被安置在這個面臨長江的驛舍新居。這豈不是老天特別網開一面，爲了破除我的「絕境」窮途，替我安排的一條出路嗎？人生本來是多面的，應該從各種角度來加以觀察。假如用長遠開闊的眼光，把自己目前的境遇加減乘除一下，說不定所得到的答案是幸福，或至少是將來幸福的一個端緒。這麼說來，目前的「飢貧」境遇，固然不值得祝賀，也實在沒有悲悼的必要。總而言之，對人生的窮達浮沉，最好採取冷靜的態度，保持「澹然」的心境，無憂亦無樂，或不分憂樂於其間。當然，我這個人一旦開口吟起詩來，語氣聲調裡難免有些苦澀的味道。但我也不顧像古代楚國歌辭那樣，爲了表示感歎或爲了語調通順，故意在句尾加個「些」字。我既非楚人，最好別班門弄斧，只要直抒心志也就夠了。

以上是全詩的大意。其中，「飢貧相乘除」一句，可說是循環哲學的一種反映，大概出自「易」的哲學思想。循環必須在時間的推移中進行。循環推移的結果是宇宙萬物的互相消除。移之人生遭遇，就是所謂否極則泰、禍福倚伏；一切現象，包括「飢貧」在內，都可看作非絕對不變的事實。又如「幸茲廢棄餘」一句，對於通常認爲不幸的流刑表示慶「幸」；這是根據《莊子》的〈齊物論〉而來。所謂「齊物」的思想，視萬物爲一，所有是非、大小、可不可、幸不幸等等，只不過是相對的差別，並沒有絕對的不同。如果從超越的眼光，這些相對的差別就顯得更微不足道，而至於彼此不分，互相齊一，也就無所謂絕對的價值判斷了。

關於〈齊物論〉的思想，在上面這首詩裡，只在「幸茲廢棄餘」一句，稍爲流露了一下而已。下面不妨再舉些更顯明的例子。熙寧四年（一〇七一），蘇軾三十六歲，因爲觸怒了王安石，被派到杭州做通判。其弟蘇轍也被貶爲河南陳州教官。兄弟兩個同時離開首都，彼此相伴，直到安徽潁州才分別各赴任所。蘇軾作了五言古詩〈潁州初別子由二首〉。在第一首理，雖然有「征帆掛西風，別淚滴清穎」等悲傷的語氣，但在第二首裡，就明顯地點出了〈齊物論〉的哲學，藉以超越或抵消悲哀的心情。全詩如下：

近別不改容，遠別涕霑胸。
咫尺不相見，實與千里同。
人生無離別，誰知恩愛重。
始我來宛丘，牽衣舞兒童。
便知有此恨，留我過秋風。
秋風亦已過，別恨終無窮。
問我何年歸，我言歲在東。
離合既循環，憂喜迭相攻。
語此長太息，我生如飛蓬。
多憂髮早白，不見六一翁。

此詩一開始就顯然有「齊物」的思想。雖然說，「近別不改容，遠別涕霑胸」是人之常情，但只要是別離，不管遠近，都一樣不能相見。從超越的眼光看來，「咫尺」近別與「千里」遠別實在沒什麼不同。因此，對於一切離別，自不必分別遠近，應以等量齊觀、不偏不倚的態度處之。換句話說，遠別與近別一樣都是別離，那麼離情別緒的有無，也應該一樣才對。如果「近別不改容」，遠別也應該泰然自若；反之，假使「遠別涕霑胸」，近別也何妨涕泗滂沱？蘇軾當然想著與子由在此一別，不如何時始能重見，所以故意說這些達觀的話，希望可以減輕彼此的悲哀。

下面「人生無離別，誰知恩愛重。」一聯，更大膽地表現了他的看法。一般認爲離別是一種悲哀，但正因爲有別離，也才能顯出人間「恩愛」之情。別離固然含有消極而悲哀的因素，但同時也具有積極而寶貴的意義。如此看來，別離也是値得慶幸的，或至少可以認爲是將來幸福的種子。在蘇軾以前歌詠別離的詩裡，似乎還沒有這樣的看法。這可以說是蘇軾別出心裁的創見，是「齊物」哲學最大膽的應用。

然而骨肉兄弟之間的別離畢竟是可悲的。即使達觀如蘇軾也難免有看不開的片刻。因此接著就有了些不太達觀的表現。他首先敘述了直至今日別離的經過：記得我剛到的任地宛丘（陳州）的時候，你的孩子們拉著我的衣服，高興得跳了起來。那時候，你以及你的孩子們早知道會有今天傷心的別離，所以堅持留我在這裡渡過秋天。現在，秋風已經吹過了，我也該走了。秋風充其量只是出現在空間的短暫的現象，瞬息即逝。可是我們的別恨離懷卻是無限的，終究是綿綿不絕的。你們問我何年何時歸來，我的回答是太歲在東的那一年，也就是三年之後，我的杭州通判之職便可任滿，那時候也許還能夠見面。〔譯者案：太歲是歲星（木星）的虛像。天球等分爲十二，自東而西以十二地支名之，始於寅而終於丑，就是所謂十二辰。歲星由西向東繞天球一周，約須十二年。如果有一年歲星在亥，翌年就在戌，正好與十二支逆行。但是歲星在亥時，其虛像就在反面的寅；歲星移至戌時，其虛像也移至反面的卯。所以就虛像而言，是以十二支的次序而順行。這就是太歲。蘇軾作此詩是在熙寧四年辛亥，太歲在亥；三年後是熙寧七年申寅，太歲移至寅，在天球的東方。〕

詩到這裡又一轉，再度點出達觀的心境。人生的別離及其反面的聚合，既然是若循連環而互相轉換，憂愁與喜悅自然也會迭次出現，彼攻此守，互克相生，沒有永遠不變的道理。這是蘇軾的循環哲學的人生觀。不過在這首詩裡，蘇軾的「別恨」是那麼深刻，儘管預料著未來必有「合」與「喜」，卻無法完全超越或抑制目前的「離」與「憂」。所以有「語此長太息，我生如飛蓬」的哀鳴。但悲哀一起，又立刻受到抵制。最後一聯改用勸慰的語氣，指出悲哀是多餘的。太多的憂愁令人早生白髮，不信請看「六一翁」，即歐陽修先生，就是個很好的例子。不然他怎麼會有滿頭白髮呢？言外之意，當然是說別爲別離而太悲哀，還是看開一點，保持安祥的心情，只要健康地活著，以後見面的機會還多著呢。

蘇軾的恩師歐陽修，恰好在同一年退隱，而且就住在潁州。蘇軾當然同他的弟弟去拜訪過他，有〈陪歐陽公燕西湖〉詩，其中有句云：「謂公方壯鬢似雪，謂公已老光浮頰。」關於歐陽修的白鬚，似乎早已有之。蘇軾在二十四歲時所作的〈夷陵縣歐陽永叔至喜堂〉一詩裡，就有「故老問行客，長官今白鬚。」的句子，而歸其原因於「著書多念慮，許國減歡娛。」那年歐陽修五十三歲，現在已經六十五，鬚髮當然更白了。蘇軾在潁州謁見歐陽修後，沒想到竟成永別。第二年歐陽修就去世了。

在這首詩裡，雖然含有「人生無離別，誰知恩愛重。」的積極主張，畢竟還有壓抑不了的悲哀。或者可以說，有意消愁而導致愁更愁的結果。不過，全詩的出發點是想以達觀來消除悲哀，卻是顯而易見的。

以上是蘇軾達觀哲學的第一個階段。如果說他的「齊物」思想來自《莊子》，「循環」哲學出於《易經》，那麼這些論理本身就不能算是蘇軾的創見。不過，我以爲蘇軾另有別開生面的人生態度。他承認悲哀是人生不可避免的因素，是必然有之的部分。但他卻不贊成悲哀是人生的一切，而以執著於悲哀爲愚不可及。自古以來，儒家的理想是一種完美的社會，從而容易使人想像或追求沒有悲哀的人生。《詩經》中詩人的悲憤，不外是求之不得，不能如願以償的悲憤。直至唐朝的杜甫，我覺得還是一樣。但蘇軾就不同了。他主張悲哀，或引起悲哀的不幸，普遍存在於人生之中，構成了必不可缺的部分。只要希望與命運、個人與社會之間存在著矛盾，人生便不可能逃避悲哀。他敢於面對現實，洞察人生的本質，肯定悲哀的必然性而卻不屈服於悲哀。這才是他別具隻眼的地方。

譬如過了八年之後，元豐二年（一〇七九），蘇軾四十四歲，由江蘇徐州知事轉任浙江湖州知事之際，作了〈罷徐州往南京馬上走筆寄子由五首〉，其第一首云：

吏民莫攀援，歌管莫淒咽。
吾生如寄耳，寧獨爲此別。
別離隨處有，悲惱緣愛結。
而我本無恩，此涕誰爲設。
紛紛等兒戲，鞭鐙遭割截。
道邊雙石人，幾見太守發。
有知當解笑，撫掌冠纓絕。

詩一開始就勸官吏人民，別爲他的離去而傷心。因爲「吾生如寄耳」，人生不過是偶然寄居在時間之流裡的現象，非隨著時間而推移不可，本來就不是什麼固定不變的存在，所以「寧獨爲此別？」一生之中的離別，不可能只有這一次。事實上，「別離隨處有」，應該視爲家常便飯，不值得大驚小怪。人們每逢別離固然難免悲哀苦惱，依依不捨，但這都是由於相愛太深的關係。蘇軾在這裡，指出別離爲人生的必然現象，而且主張悲哀是一種普遍的存在。他的用意當然是想藉此勸告大家，包括他自己在內，能看開一點，盡量擺脫悲哀的心情。

接著他更進一步找出理由來，從正面否定此次離愁別恨的必要。他說他根本不是個了不起的知事，對吏民沒什麼恩德可言，實在不值得他們如此愛戴。那麼，他們的眼淚到底爲誰而流的呢？這眞是明知故問。蘇軾無疑是個難得的好知事。但他對於吏民的「攀援」與「淒咽」，卻故意表示冷淡，彷彿與他無關一般。於是，他又接著點出悲哀的普遍存在，以及人人都有擺脫悲哀的必要。徐州的吏民當然知道他是非離開不可的，但他們在絕望中仍然希望他能夠留下來，只是想不出什麼好辦法，手足無措之餘，竟把他的馬鞭鐙帶割斷了。蘇軾看在眼裡，大概大受感動，但也覺得他們那樣雜亂無章的作爲，有點像天眞的小孩在一塊兒玩耍，一會兒高興一會兒生氣，時愛時憎，弄得他啼笑皆非。其實，別離是人間常事，何必大驚小怪。請看那對站在街口的石像，他們不知道目睹過多少個太守(知事)，從這裡離去。如果石像有知的話，他們一定會覺得人類愚蠢得可笑，拍手大笑起來，把帽纓都笑斷了。

實際上，對於那些相處兩年多的吏民，蘇軾不用說也懷著深沉的離別情緒。不過，至少在詩的表面上，他卻有意地指出別離的無所不在，勸人不必爲別離而感到悲哀，也告誡自己執著於悲哀的愚蠢可笑。

以上是蘇軾達觀哲學的第二個階段。可是在上面所引這首詩裡，蘇軾也流露了另外一個很重要的想法。那就是視人生爲長久持續的時間，表現在「吾生如寄耳」一句裡。這種思想正是他的哲學第三個階段的特色。

在表面上，「吾生如寄耳」這句話，不一定有人生是長久的意思。「吾生」既然「如寄」，這種人生應該是一種不安定不確實的存在。但在這句話裡頭，卻含有人生長久的意識。何則？因爲如果「如寄」的人生不長的話，就不可能產生下面一句：「寧獨爲此別？」換句話說，人生的別離不可能只有一次，而是「隨處有」，從過去經現在至將來，一生之中隨時隨地都有「近別」或「遠別」。假使人生是一種瞬息即逝的存在，怎能容納得下這麼多別離呢？

在這裡不妨回頭看一下前面所說的兩個階段。在第一個階段裡，蘇軾指出人生是一種循環的過程，同時根據「齊物」的思想，企圖抵消或超越喜怒哀樂離合幸不幸等差別。在第二個階段裡，他進而指出悲哀是人生之常，無所不在無時不有，肯定了悲哀的普遍性質。這兩個階段都已含有人生長久的意識。但這種意識只有到了「吾生如寄耳，寧獨爲此別」，才具體地顯露出來。

「吾生如寄耳」這個句子，蘇軾似乎很喜歡，不但用在上引一詩裡，而且用在其他不少詩中。如果再加上「潁州初別子由」裡的「我生如飛蓬」句，使用的次數就更頻繁了。要之，這兩個明喻，「如寄」與「如飛蓬」，表面上固然都意味著人生的不定無常，但往往也暗示著人生是長久的持續，不是短暫的存在。例如他出了御史臺獄後，被謫黃州時在路上所作的〈過淮〉，有句云：

吾生如寄耳，初不擇所適。

正因爲人生浮游於長久的時間之中，才會產生「不擇所適」，信步而行的閒情逸致。又在〈和王晉卿〉一詩裡，回憶流放黃州的時期說：

吾生如寄耳，何物爲禍福。
不如兩相忘，昨夢那可逐。

如果人生不長，禍福循環的思想就失其所據，並且也不可能有拋棄過去，展望將來的積極態度，又蘇軾在謫居海南島時所作的〈和陶擬古〉云：

吾生如寄耳，何者爲吾廬。
去此復何之，少安與汝居。

由於意識到人生的長久，才能從容地想到何處是家、此後何去何從的問題。蘇軾的答案見於最後一行，表現了隨遇而安、到處爲家的心情。又從海南島被赦歸來，經過江西鬱孤臺時，作了〈鬱孤臺〉云：

吾生如寄耳，嶺海亦閑游。

「嶺海」指他被謫嶺南與海南島。這是他一生中極爲不幸的遭遇，可是他卻認爲是一次「閑游」，逍遙自在的旅行。的確，如果站在人生長遠的觀點，這次遷謫儘管不幸，也就顯得微不足道了。

在中國詩史上，如此以人生爲長久之持續的見解，可說是蘇軾的獨創。或者，即使不是他的獨創，他仍然不失爲集其大成者，自有他劃時代的貢獻。爲什麼呢？因爲在從前的詩裡，這種見解並不普遍。從前最普遍的正好相反，總把人生看成一種短促的存在。只有到了蘇軾，積極地發揮了他的達觀哲學，才終於把這種消極的人生觀改變過來。

「人生如寄」這個明喻，的確早就有人用過，絕不是蘇軾的創見，是自古有之的。但是蘇軾用這個明喻的含意或目的，卻與前人的用法顯有極大的不同。如西曆紀元前後，漢無名氏〈古詩十九首〉裡，就有「人生忽如寄，壽無金石固」（第十三首）的表現，算是最早的前例。以後到了第三世紀，魏文帝曹丕（一八八——二二六）的〈善哉行〉，也有「人生如寄，多憂何爲」的句子。又南宋朱翌的〈猗覺寮雜記〉（卷二）裡，提到蘇軾「吾生如寄耳」一句，以爲出自白居易〈感時〉詩的「人生詎幾何，在世猶如寄。」以及〈秋山〉詩的「人生無幾何，如寄天地間。」要之，這些蘇軾以前的用法都在強調人生的短促，藉以抒發無可奈何的悲哀。

蘇軾則不然。他儘管用了同樣的明喻，卻賦予了不同的甚至相反的新義。這種轉變，不僅見於這個明喻的用法上，也表現在對付人生的態度裡。不用說，一個人如果能視人生爲長久的延續，而不視之爲短促的現象，自然會減少悲哀或幻滅，而產生更多的希望。誠然人生是一段富於浮沉動蕩的時間。但這段時間要是不長，就不可能有不停的浮沉動蕩。既然人生總在不停的浮沉動蕩之中，難免有低潮也有高潮，所以每個人應該因時制宜、隨事應景，採取伸縮自如的態度。如果只一味沉溺於悲哀的低潮，而不知尚有歡樂的高潮，那才是眞的愚不可及。人生是有將來的，何必爲目前的不幸而放棄將來的希望呢？

蘇軾的這種人生意識與態度，雖然有時並不有條有理的明寫出來，卻經常潛伏在字裡行間，構成了他全部詩歌的精神的主要泉源。下面不妨舉出他一首有名的七律爲例。〈出潁口初見淮山是日至壽州〉云：

我行日夜向江海，楓葉蘆花秋興長。
平淮忽迷天遠近，青山久與船低昂。
壽州已見白石塔，短棹未轉黃茅岡。
波平風軟望不到，故人久立煙蒼茫。

此詩作於熙寧四年（一〇七〇）十月，蘇軾三十六歲，正在離開首都後，赴任杭州通判的路上。詩一開始，就點出自己在滿目楓葉蘆花的秋色中，懷著綿綿的秋興，日以繼夜地航向「江海」的漫長征途。這個開頭，已經暗示了人生是不停的漂蕩、長久的持續。接著寫景，只見那看似平靜的淮水與天空交接，隱約迷濛，忽遠忽近，大概在象徵著人生的一面。至於兩岸青山時高時低，彷彿隨著船的浮泛搖擺而上下起伏，可說是人生動蕩不定的最佳比喻。而且這種動蕩並不限於目前，也會不斷地向將來延續下去。下一站的壽州市已經進入了視界，看得見高聳的白石塔了，但要到那裡，還得繞過黃茅岡。這是風軟波平的日子，坐在船裡固然平安舒適，值得慶幸，但缺少風力，反而不能按時到達目的地，也是美中不足。想到那些迎接的「故人」老友，站在暮色蒼茫之中，也許等得不耐煩了吧。不過遲早總會到壽州的。那時就可以享受些久別重逢、促膝談心之樂了。在這個結尾裡，蘇軾也不忘暗示對於未來的期待。（關於此詩詳解，見吉川《宋詩的問題》、《全集》第十三卷，二〇二―二〇七頁）

以上是蘇軾達觀哲學的第三個階段。經過了三個階段後，終於達到了第四個階段，即最後的結論。如果說人生是浮沉的持續，或持續的浮沉，那麼，生命的眞正意義應該在於面對現實，抵抗浮沉；不應該動輒自暴自棄，採取逃避的態度。這並不意味著一定要與現實作對到底，那就太頑梗不化了。其實，只要達天知命，保持樂觀的心情，即使隨波逐流、與世偃仰，仍然可以說是一種抵抗的方法。

例如元豐六年（一〇八三），謫居黃州時所作的五古〈初秋寄子由〉，頭四句云：

> 百川日夜逝，物我相隨去。
> 惟有宿昔心，依然守故處。

所謂「宿昔心」是指此詩尾聯：「雪寒風雨夜，已作對床聲。」前在〈序章〉第十二節裡提到過，蘇軾喜用「夜雨對床」的意象來表達與其弟重聚敘闊的渴望。這個意象最初見於〈辛丑（一〇六一）

十一月十九日既與子由別於鄭州西門之外馬上賦詩一篇寄之〉的「寒鐙相對記疇昔，夜雨何時聽蕭瑟」一聯，有自注云：「嘗有夜雨對床之言，故云爾。」蘇轍對於這首詩也有所說明。他說他們兄弟倆年前同住在開封郊外遠驛時，曾在一起讀韋應物（七三六—七九〇？）的詩集，讀到〈與元常全眞二生〉詩的「寧知風雨夜，復此對床眠」句，「惻然感之，乃相約早退，共爲閒居之樂，……故今詩及之。」以後蘇軾屢次在詩裡提到這個宿昔的心願，如〈東府雨中別子由〉云：「對床定悠悠，夜雨空蕭瑟」等等。這固然如蘇轍所說，「蓋皆感歎追舊之言」，但也含有或流露了對於未來重逢之樂的期待。

在蘇軾晚年的詩裡，依然看得出這種寄望於未來的心境。當他於紹聖四年（一〇九七），由廣東惠州再被遷到更「遠惡」的海南島時，寫了前引〈行瓊儋間肩輿坐睡夢中得句云……〉一詩後，又有〈次前韻寄子由〉一首，開頭就說：

我少即多難，邅回一生中。
百年不易滿，寸寸彎強弓。
老矣復何言，榮辱今兩空。
泥洹尚一路，所向餘皆窮。

「邅回」，困難重重、徬徨不進之意。「百年不易滿」一句，大概是李白〈短歌行〉中「百年苦易滿」的翻案，很清楚地指出了人生其實並不短，反而長得令人有不容易過完的感覺。爲什麼呢？因爲人在這不短的一生中活著一天，就必須永遠像拉著強弓一般，雖然吃力不討好，爲了活下去，卻分陰寸隙也不可稍有鬆懈。這個暗喻把蘇軾敢於面對人生、抗拒現實的態度，表現得最巧妙最清楚。「泥洹」即梵語「涅槃」的同詞異譯，義爲圓寂，也就是死亡。上引最後兩行說，這一生除了還有死亡一路可通之外，其他「所向」之處，盡是窮途末路，無可奈何。這些話顯得固然有點洩氣，但他並不一味低沉：他也知道「窮則變變則通」的道理。所以在同一詩裡，後來又有如下的句子：

離別何足道，我生豈有終。

離別是人生常事，以後還多著呢。人生這麼長，似乎永無止境。這次生離不可能就變成死別，一定還有許多重聚的機會。於是，他又接著寫出了幻想〈渡海十年歸〉後，與子由還鄉的快樂與幸福。

蘇軾渡海後，不到他預料中的十年，只過了三年左右便被赦歸來。建中靖國元年（一一〇一）年初，路過江西虔州（今贛縣），有五律〈次韻江晦叔二首〉，其二云：

鐘鼓江南岸，歸來夢自驚。
浮雲世事改，孤月此心明。
雨已傾盆落，詩仍翻水成。
二江爭送客，木杪看橋橫。

離開了「遠惡」的海南島，渡海北還，結束了多年的流放生活。在北還路上，蘇軾並不急著趕路，懷著悠然自在的心情，到處遊山玩水，或訪問舊友。這樣過了約半年之後，終於好容易回到了江南地帶。就在這裡的江邊，忽然聽到了熟悉的鐘鼓——多麼令人懷念的聲音，才從如夢也似的謫居生活驚醒過來。這個夢廣義地也可說象徵著蘇軾的整個人生，一個波折多難、浮沉不定的存在。不過，儘管世上人間的事故環境，永遠如浮雲一般時時在遷移改變，但存在於其中的自己，卻始終保持著明月似的孤高澄清的心境。這裡流露了一個不向命運低頭，敢於對環境挑戰的樂觀者的驕傲。南宋末期聞名的學者王應麟，曾在所著《困學紀聞》（卷十八）裡，評「浮雲」、「明月」一聯云：「坡公晚年，所造深矣。」

其次在第三聯裡，轉而寫自己老而不衰的才華。即使在風雲變幻、大雨傾盆的境遇裡，作起詩來，仍能一氣呵成，就像翻水那麼容易。最後一聯點出了周圍的風景。眼前兩條翻滾而去的急流，彷彿知道有個久別中原的旅客正要回去，所以互相趕著來送行；而在那邊樹梢之間，隱隱約約地看得見一座橋樑，沉默地橫跨在河流上面。這裡也暗示了移動與靜止的對照。

以上是蘇軾如何揚棄或超越悲哀的過程。其中關於「吾生如寄耳」一句的解釋，我從山本和義的〈蘇軾詩論稿〉一文（《中國文學報》第十三冊，一九六〇年），獲得了不少有益的啓示。除此之外，大都是我自己的見解。我的考察與結論容或有武斷的地方，但我相信大體上是不至於太離譜的。蘇軾儘管終生浮沉坎坷，無時或已，在他留下的二千四百首詩中，卻幾乎看不到牢騷之言，聽不到哭訴之聲。這個客觀事實就是再好不過的證據。

哀傷的話當然不能說完全沒有。譬如說，他四十四歲那年，以謗訕朝政的罪名被捕入御史臺獄，自度不能生還，作了二首〈獄中寄子由〉詩，面對一生最大的危機，就難免露出了緊張不安的心情。其一云：

聖主如天萬物春，小臣愚暗自亡身。
百年未滿先償債，十口無歸更累人。
是處青山可埋骨，他年夜雨獨傷神。
與君世世為兄弟，更結人間未了因。

「聖主」指神宗皇帝；「小臣」指蘇軾自己。從第二聯起到最後是對子由的申訴，意謂：人壽「百年」原是向「天」借來的，期限到了自然得如數歸還；但現在我才活了四十多年，還不到「百年」債期的一半，就要被逼著提前償清債務了。這是由於自己的「愚暗」，罪無可恕，也不必再提。唯一掛懷的是我死之後，一家十口無所歸依，一定會給你們增加不少麻煩。至於我自己一死百了，只要有青山，任何地方都可以埋我的屍骨；可是你呢？「他年」未來每逢風雨瀟瀟的晚上，大概總會想起「夜雨對床」的話，而不免獨自傷神吧？不過，也不必太悲傷。今世我們兄弟之緣固然不能盡善盡美，但還有來生，還有再來生，讓我們生生世世都能再作兄弟，那麼現在的死別，也就沒什麼了。

這首詩是悲痛的。可是仍有期待，仍有對於來生的期待。同時值得注意的是詩中有「傷神」的字眼，這是蘇軾詩裡少見的辭彙之一。但在這裡，「傷神」的是蘇軾想像中的「他年」的弟弟，不是他自己——一個面臨死亡的人。

可是這種悲痛並不持久。同年年末，被禁一百多日之後，沒想到居然獲釋出獄，作了〈十二月二十八日蒙恩責授檢校水部員外郎黃團練副使復用前韻二首〉，一洗悲痛之情，大談將來的樂事。前在〈序章〉裡說過，蘇軾以「次韻」的方法，即以同樣的韻腳，描寫兩種極端相反的心境，反映著他終生所持的浮沉、不變者自不變的人生哲學。這兩首或題爲〈出獄次前韻〉之一云：

百日歸期恰及春，殘生樂事最關身。
出門便旋風吹面，走馬聯翩鵲啅人。
卻對酒杯渾似夢，試拈詩筆已如神。
此災何必深追咎，竊祿從來豈有因。

從自度必死無疑的「百日」之禁撿回了生命，回到家裡與家人團聚，正好是大家正在準備迎接新春的前兩天。這最初一聯所寫的，與其說是感慨與不平，無寧說是獲得解放當時的喜悅。而且這種喜悅之情，也朝著以後無限的「殘生」，淡淡地綿綿地漫衍下去。第三句的「便旋」，有人解作「便溺」，也有人解作「徘徊」。總之在春風吹面時，不管便溺也好，徘徊也好，所表現的該是快樂的心情。第五句以下，寫出獄後與家人把杯相對的感慨。（關於上舉二詩，詳見吉川《人間詩話》，頁一九三—一九六，「岩波新書」二七八；又《全集》第一卷，頁四五一—四五三。）

下面不妨舉出唐韓愈的〈左遷至藍關示姪孫湘〉一詩，以便作個比較：

一封朝奏九重天，夕貶潮州路八千。
欲爲聖明除弊事，肯將衰朽惜殘年。
雲橫秦嶺家何在，雪擁藍關馬不前。
知汝遠來應有意，好收吾骨瘴江邊。

韓愈於憲宗元和十四年（八一九），五十二歲，官爲刑部侍郎，進〈論佛骨表〉，激怒了憲宗皇帝，想把他處以極刑。後來經宰相崔群、裴度等婉言規諫，才免他死罪，貶之爲潮州刺史。這首詩作於韓愈赴潮州的路上（詳見吉川《新唐詩選續篇》，頁一七七以下；又《全集》第十一卷，頁三六四—三六九），與前舉蘇軾的兩首詩一樣，都是七言律詩，都有自度必死的覺悟；不同的是韓愈詩裡無意超越悲哀，只一味向命運低頭。甚至所寫周圍的自然，如「雲橫秦嶺」與「雪擁藍關」，也都用來加深悲哀的色彩。而且對於死後的自己，蘇軾肯定地說：「是處青山可埋骨」，表現了死有葬身之地的安慰；反之，韓愈卻悲悼道：「好收吾骨瘴江邊」，想像著遺棄在江邊的屍體，爲瘴氣侵襲腐化的慘狀，頗有死不瞑目之意。

蘇軾的成就，不但在於超越或揚棄個人的悲哀，同時也爲中國詩史開創了一個新時代。從來詩歌耽溺或執著於悲哀的舊習，由於蘇軾的出現，總算告了一個段落；而且以他爲轉捩點，開始對人生抱起更多的期待，朝著樂觀積極的方向發展下去。後世崇拜蘇軾者，每每愛其豪放闊達而能超脫的精神；貶抑蘇軾者，往往嫌其粗率淺顯而少含蓄的作風。然而蘇軾以後的詩人，不管崇拜或貶抑他的詩，較之他以前的詩人，都有少寫人生之悲哀與絕望的共同傾向。追根究底，這是蘇軾爲中國詩別開生面的結果。

關於蘇軾文學這種劃時代的重要性，將來的文學史家或哲學史家，大概還會繼續加以更仔細的分析，更廣泛的探討。那時候，大家一定會注意到一個特別重要的問題，那就是蘇軾的博愛的精神。蘇軾不是善於策略如王安石的政治家。但他對於所有人類具有與生俱來的愛心。例如當他三十六歲，熙寧四年（一〇七一），任杭州通判時所作的〈除夜直都廳囚繫皆滿日暮不得返舍因題一詩於壁〉云：

除日常早歸，官事乃見留。
執筆對之泣，哀此繫中囚。
小人營餱糧，墮網不知羞。
我亦戀薄祿，因循失歸休。
不須論賢愚，均是爲食謀。
誰能暫縱遣，閔默愧前修。

除夕是家人團圓吃年夜飯的時候，本來應該早點回去，但是因爲還有尚待判決的犯罪案件，只好留在衙門繼續加以處理。根據當時的慣例，如有死刑，必須在元旦之前宣判。蘇軾大概有這樣的案件，但遲遲不能定奪，拿著筆，對著囚犯，哀憐之心油然而生，不禁滴下淚來。他們都是些「小民」，無知的人們，要不是因爲沒飯吃，怎麼會作偷竊糧食的勾當呢？其實細想起來，像自己這樣貪戀微薄的薪俸，以致失掉了退隱歸田的機會的官吏，也是一樣，還不是為了要活下去？在這方面，人同此心心同此理，沒有什麼賢愚可言。聽說從前曾有暫時放囚犯回家過年的事，可是蘇軾卻為法規所限，想如法炮製也無能為力，不免徒增愁悵，只好默然愧對前賢了。

詩中蘇軾拿自己與囚犯相比，大膽地說出「不須論賢愚，均是為食謀」的話，不一定是出於統治階級對於小民的溫情。事實上，蘇軾一生不但拒作特殊階級，而且經常露出作個平民的願望。他在遷謫黃州期間，從〈東坡八首〉，可見他的確與農民為友，日日下田「躬耕」。晚年在海南島，「躬耕」之望更加懇切。只是現實不能讓他如願以償，不得不買米過日子。那時所作的五言古詩〈糴米〉云：

糴米買束薪，百物資之市。
不緣耕樵得，飽食殊少味。
再拜請邦君，願受一廛地。
知非笑昨夢，食力免內愧。
春秧幾時花，夏稗忽已穟。
悵焉撫耒耜，誰復知此意。

第二聯典出《後漢書》卷八十三〈周燮傳〉：「有先人草廬結於岡畔，下有陂田，常肆勤以自給；非身所耕漁則不食也。」「邦君」指當時儋州太守昌化軍使張中，他因為對蘇軾特別照顧，觸怒了當道，不久被罷了官職，於紹聖五年(一〇九八)離開海南島，行至雷州，齎恨以終。蘇軾有好幾首送他的詩。「一廛地」是一人份的耕地，《孟子》〈滕文公〉篇：「願受一廛而爲氓。」「知非」指過去的錯誤，大概聯想到陶潛〈歸去來辭〉的「實迷途其未遠，覺今是而昨非」。「食力」即自食其力。這首詩作於紹聖四年(一〇七九)，蘇軾已六十二歲，可是對躬耕自給的心願，依然如故，不減當年。

蘇軾的詩，有人以為往往失於粗率淺易，所以一目了然，缺少精蘊之致。的確，如上所引，他說他自己「詩仍翻水成」(〈次韻江晦叔〉)；又評別人的詩云：「新詩如彈丸，脫手不暫停」(〈次韻答王鞏〉)，又云：「新詩如彈丸，脫手不移晷」(〈次韻王定國謝韓子華過飲〉)。這些話都在強調作詩要快，要一氣呵成。蘇軾不是個苦吟型的詩人。他的作風正是他的自由心境與自由才華的表現。不過，蘇軾雖然不屬於苦吟型，他卻能賞識過去最苦吟的詩人杜甫的價值，而且與王安石一樣，努力加以揄揚推崇，終於鞏固了杜甫在詩史上的崇高地位。

蘇軾晚年在海南島，如在〈序章〉所說，曾「次韻」陶潛所有的詩，共一百多首，就是有名但毀譽參半的〈東坡和陶詩〉。像這樣大規模的「次韻」作品，也可以說是他才能過剩的一種表現。如陶淵明〈飲酒二十首〉之三云：

道喪向千載，人人惜其情。
有酒不肯飲，但顧世間名。
所以貴我身，豈不在一生。

一生復能幾，倏如流電驚。
鼎鼎百年內，持此欲何成。

蘇軾〈和陶飲酒〉云：

道喪士失己，出語則不情。
江左風流人，醉中亦求名。
淵明獨清眞，談笑得此生。
身如受風竹，掩冉眾葉驚。
俯仰各有態，得酒詩自成。

「江左風流人」指東晉及南朝的騷人韻客。最後四句寫淵明飲酒作詩的情形：他一有酒意，作起詩來，彷彿是一片竹葉在風中搖曳生姿，俯仰有致，自然渾成。這裡所寫的固然是淵明的詩境，但也不妨看作蘇軾個人詩境的自我表現。

王安石無疑的也是個心地良善的人，可是他的人緣總是不大好；相反的，蘇軾卻極受當時民眾的愛戴。這是他們兩人不同的性格使然。蘇軾的門客詩僧參寥，有〈東坡先生挽詞〉絕句（《參寥子詩集》卷十一）云：

峨冠正笏立談叢，凜凜群驚國士風。
卻戴葛巾從杖屨，直將和氣接兒童。

這首詩寫出了蘇軾人格的廣度。一方面他是個「峨冠正笏」，凜然不可侵犯的國士，另一方面也是個「葛巾杖屨」，和藹可親的好好先生。參寥與王安石也有往來。王安石死後他也有懷念的詩，可以舉出來作個比較。〈過定林寺謁荊公畫像〉（同書卷七）云：

古木蒼藤一徑纏，我公疇昔所回旋。
蕭蕭屋底瞻遺像，傑氣英姿尚凜然。

第三節　黃庭堅

蘇軾寬洪大量、忍事容人的性格，吸引了不少年輕的詩人到他的門下來。其中，據南宋吳曾《能改齋漫錄》，黃庭堅、張耒、晁補之、秦觀，號爲「蘇門四學士」。後來又加入了陳師道、李廌，另有「蘇門六君子」之稱。就這方面而言，蘇軾與王安石也現出了明顯的對照。王安石的門人之中傳有詩集的，只有王令一人（《廣陵集》）。

蘇門諸子之中，最重要的詩人是黃庭堅（一〇四五—一一〇五），與蘇軾並稱蘇黃。他是江西豫章（今南昌）人，爲江西詩派的始祖，字魯直，號山谷居士，又號涪翁。元豐元年（一〇七八），山谷

黃文節公山谷像

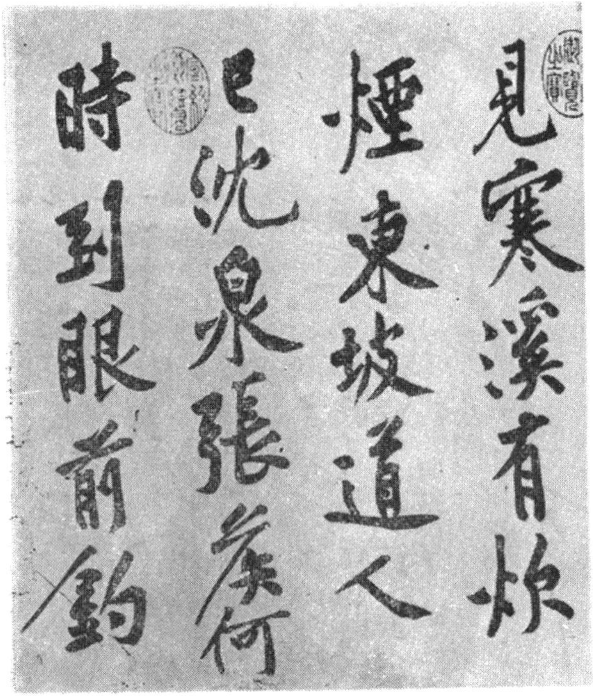

黃庭堅・松風閣詩卷

三十四歲，有〈古詩二首上蘇子瞻〉之作，大概是兩人正式交遊的開始。這年蘇軾四十三歲，在徐州任上，早已看過山谷的詩，驚爲精金美玉，一直有意結交而懼其不可得。現在居然收到他的信與詩篇，其〈答黃魯直書〉云：「喜愧之懷，殆不可勝。……古風二首，託物引類，眞得古人之風，而軾非其人也。」而且作了〈次韻黃魯直見贈古風二首〉相報，對於這個比自己年輕九歲，專心於詩的後起之秀，「聳然異之，以爲非今世之人也」，備加稱揚。他們的關係，使人聯想到歐陽修與梅堯臣的關係；歐蘇各爲一代文宗而興趣不限於詩，梅黃則各附歐蘇門下而單以詩名家。黃庭堅入蘇門後八年，即元祐元年（一〇八六），詩名已高，而且經由蘇軾從中協助，在首都做神宗實錄院檢討官。同年曾和蘇軾〈送揚孟容〉詩，題爲「子瞻詩句妙一世，乃云效庭堅體，蓋退之戲效孟郊、樊宗師之比，以文滑稽耳，恐後生不解，故次韻道之」。蘇軾原詩有「後生多高才，名與黃童雙」句，指黃庭堅等後輩；而黃庭堅在和詩裡，則自歉「我詩如曹鄶，淺陋不成邦」，並且說蘇軾「公如大國楚，呑五湖三江」，云云，足見他們彼此推崇欽慕之情。

果然不負蘇軾的期待，黃庭堅幾年內就聲名大震，變成了比蘇軾更純粹的詩人。他的個性與蘇軾的豪放闊達不同，極爲內向而好求靜寂。譬如在入蘇門以前，於熙寧四年（一〇七一），二十七歲，作有〈聽崇德君鼓琴〉一詩云：

月明江靜寂寥中，大家斂袂撫孤桐。
古人已矣古樂在，髣髴雅頌之遺風。
妙手不易得，善聽良獨難。

猶如優曇華，時一出世間。
雨忘琴意與己意，廼似不著十指彈。
禪心默默三淵靜，幽谷清風淡相應。
絲聲誰道不如竹，我已忘言得眞性。
罷琴窗外月沈江，萬籟俱空七絃定。

「大家」即大姑，指崇德君，姨母李夫人。「雅頌」是《詩經》的大雅、小雅、周頌、魯頌、商頌等卷。「三淵」出於《莊子》〈應帝王〉篇：「鯢桓之審爲淵，止水之審爲淵，流水之審爲淵，淵有九名，此處三焉。」「忘言得眞性」亦出自《莊子》〈外物〉篇：「言者所以在意，得意而忘言。」不過換「意」爲「性」，似指人的眞性，但也可能爲了押韻，又要避免與前面意字重複的緣故。「萬籟俱空」好像也與「莊子」有關。〈齊物論〉討論人籟、地籟、天籟時，說：「夫大塊噫氣，其名爲風。是唯無作，作則萬竅怒號。……厲風濟，則眾竅爲虛。」虛就是空。黃庭堅似乎比蘇軾更喜歡《莊子》，更愛用禪語。又「絲聲誰道不如竹」一句，反用了《晉書》〈孟嘉傳〉裡有名的對話：「桓溫問：『聽妓，絲不如竹，竹不如肉，何謂也?』嘉曰：『漸近使之然。』」絲是絃樂器，竹是管樂器，肉是歌喉。

黃庭堅也許由於性格內向，非常講究用字遣詞，往往鍛鍊再鍛鍊，推敲再推敲，以致常有奇僻晦澀之嫌。這一點與蘇軾的才思奔放、下筆如行雲流水、偶爾失之粗率的情形，正好相反。上引一詩，雖然不能眞正代表黃庭堅的奇僻晦澀的一面，但最後一句，「萬籟俱空七絃定」的「定」

字，用法就顯得勉強，可以說是一個例子。

他主張作詩必須排除尋常的陳腔爛調，所以在他自己的作品裡，總是避免前已有之的立意與措詞，而轉向小世界的小事物裡去追求並滿足他的詩情。譬如元祐三年（一〇八八），他四十五歲時所作的〈題竹石牧牛〉五言古詩，就是一個很好的例子。此詩有序云：「子瞻畫叢竹怪石，伯時（李公麟）增前坡牧兒騎牛，甚有意態，戲詠。」

野次小崢嶸，幽篁相倚綠。
阿童三尺箠，御此老觳觫。
石吾甚愛之，勿遣牛礪角。
牛礪角尚可，牛鬥殘我竹。

「崢嶸」是高峻的樣子，通常指峰嶺峭拔，或喻人才特出，這裡卻用來形容小畫裡的小怪石，而謂之「小崢嶸」。「阿童」是對牧童的昵稱。「觳觫」是恐懼之貌，話出《孟子》〈梁惠王〉：「吾不忍其觳觫。」第二聯寫出了在牧童三尺鞭下，受驚發抖的老牛。在這幅小品畫裡，蘇軾除了屹然不動的怪石之外，又畫著有迎風搖晃的竹子，所以黃庭堅用「相依綠」來加以描寫，點出了小小的畫境中動的一面。至於後半部，以命令口吻，叫牧童要小心，別讓牛角磨壞了石頭，損傷了竹子，大概是因爲李公麟在同一幅畫裡，添上了牧兒騎牛，所以故意跟他開個玩笑的。

黃庭堅最推崇的詩人是杜甫。他尊敬揄揚杜甫的程度，較之王安石與蘇軾，有過之而無不及。

他也是個名畫家。晚年，謫居四川黔州及戎州時，他寫了所有杜甫作於四川的詩篇，請人刻石，並造大雅堂來安置那些詩碑（見〈刻杜子美巴蜀詩序〉及〈大雅堂記〉）。

他之所以欽仰而模仿杜甫，無疑的是由於杜甫的內向自省的性格。他與杜甫一樣，愛好而且善於細緻入微地觀察小小的事物，以及千錘百鍊地推敲用字遣詞。他似乎被同時代的人認爲是杜甫最忠誠的繼承者，甚至有人把他當作當代的杜甫。然而儘管如此，黃庭堅的詩畢竟與杜甫的詩不同。或者可以說，他是個最不像杜甫的詩人。何則？因爲他缺乏杜甫那種深厚強烈的熱情。

過去一般的詩人，包括性格內向的杜甫在內，每每直抒胸臆，情動於中則形於言，無所顧忌。黃庭堅卻不然。他似乎認爲，如果聽任感情自由流露，不但表示一個人的幼稚不成熟，而且會妨礙一個人對萬物的冥思與審視，所以故意地極力加以抑制或迴避。難怪初讀黃庭堅詩的人，得到的往往是冷漠枯淡的印象，會覺得缺乏動人心弦的眞情。的確，從他的詩集裡，很難找到感情衝動的作品。他晚年謫居廣西宜州時，倒是有一首〈書磨崖碑後〉，情見乎辭，恐怕是唯一的例外。

在這個意義上，黃庭堅的詩與從前的詩是背道而馳的。或者可以說，與任何時代習以爲常的概念，即詩是感情的表現，走著正好相反的方向。不過，回過頭來仔細一看，就知道這種背道而馳的性質，儘管有程度上的差別，在宋詩裡，特別在梅堯臣以後的北宋詩裡，其實代表著一般普遍的傾向。前引歐陽修評梅堯臣詩的話：「初如食橄欖，其味久愈在，」就是一個證據。但把這個傾向推到極端的是黃庭堅。

這並不意味著他是個缺乏感情的人。他與蘇軾一樣是感情中人，尤其對於他周圍的普通平民，常常表示關切，流露了民胞物與的精神（詳吉川《詩人與藥房》，《全集》第十三卷，頁二八九—

三〇一）。下面所引的〈陳留市隱〉一詩，作於元祐二年（一〇八七），就是一個例子。該詩有序云：「陳留市上有刀鑷工，年四十餘，無室家子姓。惟一女年七歲矣。日以刀鑷所得錢，與女子醉抱，醉則簪花吹長笛，肩女而歸。無一朝之憂而有終身之樂，疑以爲有道者也。」刀鑷工即理髮匠。詩云：

市井懷珠玉，往來人未逢。
乘肩嬌小女，邂逅此生同。
養性霜刀在，閱人清鏡空。
時時能舉酒，彈鑷送飛鴻。

「珠玉」指刀鑷工心地之高潔。「邂逅」，不期而相會。第二聯寫出乘在肩上的小女孩，並非親生，可能在那裡偶然見到，可憐她無依無靠，所以收爲養女，住在一起。「養性」云云一聯，說那把明快如霜的剃頭刀，不但可以幫他解決生活所需，也能夠助他修心養性；而且那面清晰的鏡子，不知照過多少顧客的臉，但最後還是空的。這裡的清鏡顯然也在暗喻理髮匠一塵不染的心境。最後一聯使人聯想到嵇康的名句：「目送歸鴻，手揮五絃。俯仰自得，游心泰玄。」（〈贈秀才入軍〉）這個理髮匠雖然沒有五絃，但在彈著鑷子招徠顧客時，也與嵇康一樣，可以目送飛鴻，而達到俯仰自得、游心泰玄的境界。

黃庭堅的人生觀，與蘇軾的積極的抵抗哲學頗爲相近。譬如元符三年（一一〇〇），五十六歲，在戎州獲赦東歸時，有〈次韻楊明叔見餞十首〉，其九云：

松柏生澗壑，坐閱草木秋。
金石在波中，仰看萬物流。
抗髒自抗髒，伊優自伊優。
但觀百歲後，傳者非公侯。

詩中「松柏」與「金石」都是自喻，亦藉以勉勵楊明叔。其中「金石」一聯，王應麟曾引在《困學紀聞》（卷十八）裡，與前舉蘇軾「浮雲世事改，孤月此心明」並列，極加讚賞。「抗髒」是高傲不屈，「伊優」是曲音逢迎。無論抗髒或伊優，人各有志，不能相強，也不必「有所褒貶於其間」。因爲最重要的是百年之後；那時候，目前這些顯耀一時的權臣們，恐怕都會與時俱逝，無人知道了。黃庭堅的命運也很像蘇軾，同樣受到「新法」的壓迫，被流放了兩次。但是在他的詩集裡，也不容易發現怨歎哭訴的表現。

總之，黃庭堅在同時代的諸家之中，可說是最富於詩人氣質的詩人。他作起詩來，與較早的梅堯臣一樣，往往取材於日常生活的細節瑣事；但從日常的小動蕩小變化中，他似乎能更深刻地洞察人生的意義，而且企圖以詩歌的藝術形式加以體現出來。梅堯臣曾以始作「蝨」詩而自傲；黃庭堅也寫了從前沒人寫過的題材。他有幾首詠蠟梅的詩，如〈戲詠蠟梅二首〉之一云：

金蓓鎖春寒，惱人香未展。
雖無桃李顏，風味極不淺。

這種花又名白馨花，純白色，似乎有象徵的喻義。黃庭堅自注云：「京洛間有一種花，香氣似梅花，亦五出而不精明，類女工撚蠟所成，京洛人因謂蠟梅。」據說這種其貌不揚的花，經黃庭堅加以吟詠之後，一夜成名，在首都開封開始盛行起來。

蘇軾與黃庭堅的詩，在日本，特別在室町時代（一三三六—一五七三）的五山禪僧之間，曾經大爲風行。兩人的詩集都傳有日本復刻本多種，又有不少附有「假名」以供講義用的所謂「抄」本。其影響及於日本最偉大的俳人芭蕉（一六四四—一六九四），在他的〈笈之小文〉及〈蓑虫說跋〉裡，就有「蘇新黃奇」一語。不過這句話並不是芭蕉的發明。南宋末年魏慶之編的《詩人玉屑》（卷十二）裡，引有陳師道的話說：「王介甫以工，蘇子瞻以新，黃魯直以奇。」《詩人玉屑》有日本的復刻本，印於寛永十六年（一六三九），所以芭蕉很可能看過這本書。

第四節　陳師道

蘇門的又一重要詩人陳師道（一〇五三—一一〇二），字履常，一字無己，號後山居士。江蘇彭城（徐州）人。有時與黃庭堅並稱「黃陳」，也是個苦吟的詩人。他自己說：「此生精力盡於詩。」（〈絕句〉）黃庭堅說他：「閉門覓句陳無己」（〈病起荊江亭即事十首〉之八）。朱熹也說：「陳無己平時出行，覺有詩思，便急歸，擁被臥而思之，呻吟如病者，或累日而後起，眞是閉門覓句者也。」（《朱子語類》卷一四〇）。葉夢得也記有類似的傳聞：「世言陳無己，無登臨得句，即急歸臥一榻，以被蒙首，惡聞人聲，謂之吟榻。家人知之，即貓犬皆逐去，嬰兒稚子亦抱寄鄰家。徐徐詩成，乃敢復常。」《宋詩紀事》卷三十三引）

陳師道也崇拜而且模仿杜甫。但他在模仿前人作品的時候，不像黃庭堅那樣喜歡炫奇立異；他總是力求逼近前人，覺得模仿得越像越好。他有一首題爲〈別三子〉的五言古詩，收在《後山詩集》第一卷，以後每每見於宋詩選本，便是模仿杜甫的作品。該詩作於神宗元豐七年(一〇八四)，他三十二歲的時候。這一年，因爲家境窮困到了極點，不得不把妻子以及三個兒女送到四川去，投奔當時在那裡做提刑(司法官)的岳父家。這首送別之作，流露了陳師道對髮妻兒女的愛情，顯然受到了杜甫的影響。

夫婦死同穴，父子貧賤離。
天下寧有此，昔聞今見之。
母前三子後，熟視不得追。
嗟乎胡不仁，使我至於斯。
有女初束髮，已知生離悲。
枕我不肯起，畏我從此辭。
大兒學語言，拜揖不勝衣。

喚爺我欲去，此語那可思。
小兒襁褓間，抱負有母慈。
汝哭猶在耳，我懷人得知。

第一句出自《詩經》〈國風〉（〈大車〉）：「穀則異室，死則同穴，」表示非至死不能永遠與妻團聚的悲哀。第二句可能出自晉曹攄〈感舊詩〉的「富貴他人合，貧賤親戚離」，但用意有所不同。原詩慨歎人情的澆薄，而陳師道卻用來表示因貧賤而被逼分離的無可奈何，反而增強了父子間依依難捨的天倫之情。詩從第二聯接著說：像「父子貧賤離」的話，從前總覺得不可能是事實，沒想到今天卻變成了自己的遭際。我只能眼盯著看三個孩子跟著母親離去，儘管捨不得，卻一點辦法也沒有。唉！這是多麼殘酷的世界呀，竟使我潦倒到這種地步！剛剛達到學齡的女兒已經知道生離的悲哀，怕別後不能再見，把頭伏在我的膝上，不肯起來。大兒子正在牙牙學語，還不會自己穿衣服，大人叫他跟父親告別，他就叫聲爸爸說：「我要走了。」聽到他那天眞可愛的聲音，我怎能忍受呢？最小的兒子還在襁褓之中，無憂無慮，在母親的懷抱裡享受著母愛的溫暖。現在，他們都走了。可是孩子的哭聲彷彿還在身邊響著。有誰能夠了解我的心情呢？

陳師道又喜歡作律詩，可以說也是刻意學杜甫的結果。在用語方面，更往往有意識地模仿杜甫。再者爲了要作杜甫忠實的繼承者，在抒發感情的時候，也不避免悲哀，反而有加以強調的傾向。前舉〈別三子〉詩便是一個例子。在一首題爲〈寒夜〉的五言律詩裡，他自己說明了爲什麼他的詩富於悲哀的道理：

留滯常思動，艱虞卻悔來。
寒燈挑不燄，殘火撥成灰。
凍水滴還歇，風簾掩復開。
孰知文有忌，情至自生哀。

此詩作於哲宗元符三年(一一〇〇)的冬天。當時陳師道已離開故鄉徐州，在山東棣州任教授之職。首聯說，停留在一個地方久了，總希望改變環境和工作。但一旦如願以償地換到別的地方，才發現不但老問題依然困擾著自己，而且增加了許多新的苦惱，反而又後悔不該搬來。接著在下面描寫地方官舍寂寞無聊的情景之後，在最後一聯裡，說他自己明知「文有忌」，即爲文應該避忌悲哀，但感情一激動，悲哀自然而來，又有什麼辦法呢？任淵《後山詩注》在這裡引了前舉王安石詩，「文章尤忌數悲哀」一句(〈李璋下第〉)，指出這聯的出處，也藉以對照陳師道與王安石對悲哀的不同態度。值得注意的是「留滯」、「艱虞」、「風簾」等，都是杜甫律詩中的用語。

宋詩好說理重敘述的傾向，以蘇軾、黃庭堅爲飽和點。在他們以後，如下章所述，逐漸又走回樸素的唐詩的抒情傳統。在蘇門弟子之中，陳師道的詩已經表現了這種傾向。但他儘管嘔心瀝血，師法杜甫的風格，卻只斤斤於推敲杜甫緻密的一面，而忽略了杜甫雄偉壯大的格局，因而顯得纖細有餘，缺乏動人的力量。

陳師道於蘇軾去世那年，即徽宗建中靖國元年(一一〇一)，被調到首都任秘書省正字(校對)的小官。這年冬至日，參加郊祀(祭天)典禮。那天晚上天氣很冷，他只有一件棉襖，不夠保暖。他的妻子代他跟人借了一件。但當他知道那是他的連襟趙挺之的衣服之後，便聲明他不願受新黨大官的恩惠，包括趙挺之在內，所以拒絕穿用，只好咬緊牙關，冒著寒風出門去了。結果得了感冒，一病不起，死於同年的除夕（按西曆是一一〇二年初）。享年四十九。

除了上述的黃庭堅、陳師道之外，所謂蘇門的詩人還有秦觀（一〇四九—一一〇〇），字少游，一字太虛，江蘇高郵人，又稱秦淮海。張耒（一〇五三四　—一一一四），字文潛，號宛丘先生，又稱張右史，江蘇淮陰人。晁補之（一〇五三—一一一〇），字無咎，自號歸來子，有堂兄弟晁沖之，字叔用，皆山東鉅野人。蘇軾的中表兄弟文同（一〇一八—一〇七九），字與可，畫竹名家，四川樟州人。書畫大家米芾（一〇五一—一一〇七），字元章，湖北襄陽人。又有詩僧道潛，號參寥子等。其中，秦觀因為善於「詞」的關係，頗受近時文學史家的重視。但他的詩，如在〈序章〉引過的〈田居〉，過於柔弱纖細，所以金朝元好問（一一九〇—一二五七）曾評之為「女郎詩」。他有幸得到蘇軾的獎勵推挽而進入官場，又不幸隨著蘇軾失腳而被流放到南方。從此以後，他的詩就顯得有濃厚的感傷色彩。不過他的外表倒是豪俊雄偉，鬍鬚滿腮，綽號「髯秦」；性格似乎也相當外向，所以黃庭堅在〈病起荊江亭即事〉詩裡，說他「對客揮毫秦少游」，與內向的「閉門覓句陳無己」互相對照。我覺得秦觀是個富於功名之念，性格複雜的人物，代表著宋代新興官僚階級的特色。這在他的文學作品裡也可以看得出來。

秦觀（一〇四九—一一〇〇）
——從南薰殿舊藏「聖賢畫冊」

第四章 十二世紀前半 北宋南宋過渡期

第一節 江西詩派

北宋最偉大的詩人蘇軾，獲釋離開謫居地海南島，於一一〇一年死於北返的路上。他的死正值十二世紀的開始，也代表著宋詩一個時代的結束。蘇門的主要詩人秦觀與陳師道死於同一年；黃庭堅在四年後，晁補之在九年後，張耒與蘇轍在十一年後，也都相繼去世了。

同時在政治史上，北宋也接近了尾聲。新帝徽宗取調協新舊兩法之意，定年號爲「建中靖國」。但只用了一年，又改爲「崇寧」元年(一一〇二)，旨在追崇父帝神宗熙寧新法，登用王安石的女婿蔡卞及其兄蔡京。蔡氏兄弟一旦大權在握，便造舊黨黑名單，包括已故的司馬光、蘇軾、秦觀，尚在的黃庭堅等，共一百二十人，刻在碑上，立於太學端臨門前，並飭令各地依樣葫蘆，立碑於公共場所。這就是有名的〈元祐黨籍碑〉。黨人的著作也遭到了禁止通行的處分。又據葉夢得

《避暑錄話》說，當時有些大臣因爲不能作詩，居然聲言詩是蘇軾等元祐姦黨的學術，以皇帝名義下令禁止學習，犯著杖一百。但這個禁令，因爲徽宗自己喜歡作詩，根本無法實行。

新黨宰相蔡京、蔡卞，雖然以王安石政策的繼承者自居，卻缺少王安石的廉正與潔癖，反而唆惡爲非，鼓勵年輕的徽宗過著奢侈的生活。徽宗喜歡蒐集並善於鑑賞書畫古董，著有《博古圖》一書；而他自己創造的花鳥畫，以及獨具風格的「瘦金體」書法，都在中國藝術史上占著重要的一頁。他在音樂方面的修養也很高，有名的詞人周邦彥（一〇五六—一一二一），因爲通音律，善度曲，所以曾經被他召入宮中，服務於專管音樂的「大晟府」。徽宗又營造了「艮岳」，又名「萬歲山」的大庭園，以「花石綱」的名目，從南方各家徵收庭木庭石。他是個風流皇帝，風聞他愛過市井名妓李師師。其御製七絕〈宮詞〉之一云：

苑西廊畔碧溝長，修竹森森綠衫涼。
戲擲水毬爭遠近，流星一點耀波光。

這首詩寫的大概是艮岳的風景。白天儘管有宮女們擲著水毬遊戲，相當熱鬧，但一到晚上，這個大庭園就充滿著鳥獸的叫聲，陰森可怖，使人感到了不祥的預兆。

首都開封享受了一百多年的太平之世，人們已慣於追求虛有其表的繁榮生活。孟元老在北宋亡國後，著有《東京夢華錄》一書，追憶當年的太平虛榮景象。但一出首都，農民的叛亂層出不窮。其中以宋江爲領袖的山東叛亂集團，後來經過長期的渲染誇張，演變成了有名的長篇小說《水滸傳》。南宋的哲學家朱熹的《朱子語類》裡，也有對當時所謂「盜賊」的批評。

北宋末期，從崇寧、大觀、政和而重和，二十五年之內，年號屢改，終於在靖康元年（一一二六）便亡國了。其初與宋結盟的金滅了宋的宿敵遼國，接著又以宋違了盟約為理由，派了大軍包圍汴京，俘虜了徽宗、欽宗父子，以及宮中的無數金寶與婦女，運到滿洲去了。九年之後，徽宗死於拘留地五國城（今吉林省境內）。下面這首絕句〈在北題壁〉，據說是徽宗在拘留所之作（見元蔣子正《山房隨筆》）。

徹夜西風撼破扉，蕭條孤館一燈微。
家山回首三千里，目斷天南無雁飛。

徽宗第九皇子高宗為南宋第一代皇帝。他於一一二七年即位，年號建炎。趙宋以火德王，《宋史》〈樂志〉云：「於赫炎宋，十葉華耀。」所以「建炎」有重建宋室的意思。高宗在建炎年間，輾轉各地，最後定都於浙江杭州，改為臨安府，又改年號為「紹興」元年（一一三一），含有紹述復興趙家天下之意。高宗在位三十六年，起初為了與金或戰或和的問題，大臣們意見分裂，互相爭執不休。直到紹興十一年（一一四一），主和派宰相秦檜以「莫須有」的罪名，殺害了主戰派的將軍岳飛，與金朝訂了和平條約之後，朝政才算安定了下來。高宗與他的父親徽宗一樣，喜歡文墨，尤善書法。新都杭州氣候溫暖，又有西湖勝景，足供流連。高孝璹有一絕云：

朱簾白舫亂湖光，隔岸龍舟艤夕陽。
今日歡遊復明日，便將京洛看錢塘。

詩中所寫的就是南宋皇帝，在湖光夕陽中，日日歡遊的情形。「京洛」是北宋舊都汴京開封府。「錢塘」爲杭州府的別名。最後一句話，宋人雖然偈處偏安，卻把新都杭州看成舊都汴京，依然過著追求虛華的生活。原來南宋之世，在名義上，一直以汴京爲首都，所以稱杭州地區爲「臨安」府，也稱爲「行在」。然而時間一久，全國上下漸漸失去了收復中原的意志。這首詩也許作於高宗以後，不過確實的年代並不重要。總之，南宋從建都臨安到亡國，共一百五十年間，所謂「行在」始終充滿著享樂的氣氛。

據說，野心勃勃的金主完顏亮，在高宗末年撕破盟約而舉兵南侵，爲的就是嚮往杭州的美麗與繁華。高宗於紹興三十二年(一一六二)擊退金兵，保全了「半壁天下」的局面，便讓位於養子孝宗了。有人說高宗即位以後，爲了保持自己的帝座，其實並不希望金朝把他的父親徽宗，以及哥哥欽宗，送還中國來。

在北宋與南宋的過渡期，約半世紀之久，是政治史上的衰微，也是文學史上的低潮。不再有大詩人了；有的只是小詩人。陸游、楊萬里、范成大等，在十二世紀後半極爲活躍的大詩人，在高宗的時代，都還年輕，談不上有什麼顯著的創作活動。

那些小詩人最崇拜的是黃庭堅。其中有一個叫呂居仁(一一三七—一一八一)，字本中，號紫微，著有《江西詩社宗派圖》，以黃庭堅爲始祖，其次列舉陳師道、晁沖之等共二十五人，或加呂居仁爲二十六家。其所以名爲江西詩派，緣於宗祖黃庭堅是江西人。不過在二十六人裡面，也有不少如陳師道等，並非江西出身。據說呂居仁曾編有二十六家詩共一百三十七卷，但與《宗派圖》一樣，現在早已不傳了。一般說來，這時期的詩集留下來的很少。究其原因，除了由於戰亂而喪失之外，南宋初期主戰與主和兩派的紛爭，可能也導致了互相抹殺反對黨的著作的結果。

所謂「江西詩派」是南宋詩史上的重要話題。譬如說，中期的楊萬里有〈江西宗派詩序〉（《誠齋集》卷七十九）；末期的劉克莊有〈江西詩派總序〉等文。後世論者續出，如清王士禎有〈跋江西宗派圖〉四則（《蠶尾文》卷八）。早在南宋，對於陳師道應否列入江西詩派的問題，已經有人提出否定的意見。事實上，如前所述，陳師道與黃庭堅的詩大爲不同。其他次要的「江西」派詩人，即使有意識地模仿黃庭堅，也大都心有餘而力不足，不能算是很好的門徒。例如編了《江西詩社宗派圖》的呂居仁——日本內閣文庫藏有他的《東萊先生詩集二十卷》，中國曾加以翻版——就是個格局不大的詩人。黃庭堅之所以喜歡審視細小的事物，爲的是想發現其中所含的更大更廣的意義。至於呂居仁等繼起作家，卻只注重小事物的小趣味，自然流於纖巧淺薄。黃庭堅能以過去不入詩的「硬語」入詩，成就了特殊的風格，但江西派的詩人，卻把他這一面完全忽略了。其實，即使他們有意仿效，大概也是仿效不來的。

回顧北宋的詩風，尤其是大家的作品，往往把傳統的成約與概念置之不顧，肆無忌憚地談道說理，描物敘事，頗能作到暢所欲言的地步。這與當時詩人博大的人格，以及精深的學識，具有密切的關係。歐陽修、王石安、蘇軾三人都是一流的學者。梅堯臣與黃庭堅次之。以後就每況愈下了。本來偉大人物就不可能代代出現，何況江西派的小詩人，處於政治史與文學史的衰微時期，要他們繼承北宋大家的風格，當然難上加難。既然承先的任務力不勝任，只好另闢新路，改走別的方向。蘇門之中，陳師道早有這種趨勢，已如上述。到了陳與義就表現得更明顯了。

第二節　陳與義

陳與義（一〇九〇——一一三八），字去非，號簡齋。在這個充滿著小詩人的時期，他是最突出的一個。有《簡齋詩集》傳世。日本有慶安年間（一六四八——一六五二）刊本。陳與義生於政和三年，二十四歲就進入官場，死於紹興八年，四十九歲。他在北宋亡國以前所作〈和張規臣水墨梅五絕〉，簡稱「墨梅」，徽宗皇帝曾大加讚賞。其中下舉一首，朱熹在《朱子語類》（卷一四〇）裡，也提到過。

> 粲粲江南萬玉妃，別來幾度見春歸。
> 相逢京洛渾依舊，唯恨緇塵染素衣。

又如〈中牟道中二首〉，也作於北宋末年。其一云：

> 雨意欲成還未成，歸雲卻作伴人行。
> 依然壞郭中牟縣，千尺浮屠管送迎。

「中牟縣」城在汴京附近。「浮屠」即佛寺之塔。凡是在中國的平原裡旅行過的人，都知道每靠近一個都市的時候，首先映入眼簾的往往是陳舊失修的城牆，以及聳立在城牆上的塔頂。陳與義走近中牟時，所看到的就是同樣的風景。那千尺浮屠依然從壞郭上面探出頭來，即使在陰雲低垂、風雨欲來的今天，也似乎在那裡盡著迎送旅客的任務。

北宋首都陷落時，陳與義是三十七歲。從此以後，爲了逃避金兵，他在河南、湖北、湖南、福建、浙江各地，輾轉了幾年，於紹興二年（一一三二）跟隨高宗到了杭州。紹興七年除左中大夫參知政事（副宰相），但次年冬天便病死了。他晚年有七絕〈牡丹〉云：

一自胡塵入漢關，十年伊洛路漫漫。
青墩溪畔龍鍾客，獨立東風看牡丹。

「伊洛」指以洛陽爲中心的伊水洛水流域。洛陽是陳與義的故鄉，也是產牡丹的勝地，可是現在已經陷於敵人手中，再也回不去了。「青墩溪」，據錢鍾書《宋詩選注》，爲浙江省桐鄉縣下的小地名。「龍鍾」是潦倒的老人。「東風」即春風。

以上諸例都是純樸的抒情或寫景，已看不到歐陽修的談道說理，蘇軾的闊視橫行，或者黃庭堅的奇僻晦澀了。陳與義的詩似乎近於唐詩的簡明平易，所用詩體也偏好律詩絕句，而少作長篇古詩。

陳與義本來就喜歡杜甫。後來在宋室南渡期間，他也屢經戰亂、浪遊各地，由於遭際的相似，使他更親近杜甫的詩。他自己曾說：「詩至老杜極矣，蘇黃復振之，而正統不墜。東坡賦才大，故解縱繩墨之外，而用之不窮；山谷措意深，故游泳玩味之餘，而索之益遠。要必識蘇黃之所不爲，然後可以涉老杜之涯涘。」（《宋詩鈔初集》《簡齋詩鈔》引）。換句話說，如想學杜甫，不可盲從蘇軾、黃庭堅的學法，必須認識未被他們發掘的部分，加以發揚光大，才能眞正繼承杜甫以來的正統。他已意識到蘇黃的時代早過去了。在新的時代裡，儘管同樣是師法杜甫，卻非得從新的方向作新的努力不可。

陳與義的努力與成就，表現在感覺新穎的抒情上。他對光色的變化具有特別敏銳的感覺。例如建炎四年（一一三〇），四十一歲時，在福建山中所作的五律〈今夕〉，寫出了夜氣籠罩下的山林：

今夕定何夕，對此山蒼然。
偷生經五載，幽意獨已堅。
微陰拱眾木，靜夜聞孤泉。
唯應寂寞事，可以送餘年。

又如在夕陽下閃爍的蛛絲，也是他喜歡凝視的風景。有題爲〈春雨〉的一首五律云：

花盡春猶冷，羈心只自驚。
孤鶯啼永晝，細雨濕高城。

擾擾成何事，悠悠送此生。
蛛絲閃夕霽，隨處有詩情。

在〈同通老用淵明獨酌韻〉詩裡，也有「蛛網閃明晦」的句子。他在〈尋詩兩絕句〉中，道出了他對光色的感覺與作詩的關係。錄一首於下：

愛把山瓢莫笑儂，愁時引睡有奇功。
醒來推戶尋詩去，喬木崢嶸明月中。

愁時飲酒，醉而成眠，最能醞釀詩思詩情。酒醒之後出外散步，經過喬木上的明月一照，便純化成詩了。

像這樣基於感性認識的抒情傾向，當然是唐詩最得意的特長。從此以後，對於唐詩的嚮往變成了南宋詩的一股潛流。但陳與義畢竟是宋人。他跟蘇軾一樣，也具有達觀的人生哲學，即使在流浪不定的環境下，依然認爲人生是「乘除」的過程，拒絕屈服於悲哀的控制。有句云：「人生險易乘除裡」（〈送王因叔赴試〉）；「乘除冀晚泰，乃復逢變故」（〈別岳州〉）；「只將乘除了吾事」（〈初至陳留南鎮夙興赴縣〉）。要之，陳與義學唐詩而不囿於唐詩，致意於唐人所無的新感覺新觀點的發掘，但是限於天時人力，只能創出纖細小巧的作品。因此，還得等到次期的大詩人，南宋的新抒情詩才能進入成熟的境界。

次期大詩人陸游之師曾幾（一〇八四—一一六六），字吉甫，號茶山居士；又次期大哲學家朱熹之師劉子翬（一一〇一—一一四七），字彥沖，號屏山；以及朱熹之父朱松（一〇九七—一一四二），字喬年，號韋齋，都與陳與義同代，詩風也相近的詩人。如曾幾的〈坐睡〉詩云：

竹窗納虛明，棐机亦滑淨。
幽人坐清秋，倦對古賢聖。
丹田閱千息，一氣忽空靜。
豈期黑甜鄉，於此得捷徑。
倒床未必佳，邂逅乃復勝。
覺來欠伸餘，兩眼半開瞑。
吾身竟何許，神意久方定。
從此謝衾帷，蒲團日相倩。

朱松論詩，以爲唐代詩人人格可議者甚多，但是「自有詩人以來，莫盛於唐」；「唐李杜出，古今詩人皆廢」（《韋齋集》卷九）。從這裡也可以看出宋人嚮往唐詩的一斑。

第五章 十二世紀後半　南宋中期

第一節　陸游

從十二世紀後半到十三世紀初葉，宋詩達到了第二個高潮。南宋第二代皇帝孝宗，尊其養父高宗爲太上皇帝，建元隆興、乾道、淳熙，在位二十八年。他對付金朝的態度比高宗積極，登極後就出兵北伐，但是慘遭失敗，只好重新訂了所謂「隆興和議」。自南宋初年以來，「元祐名臣」已逐漸恢復他們的清譽，到了孝宗，追謚蘇軾爲「文忠公」，元祐黨禍終告平反。孝宗於淳熙十六年(一一八九)，仿其養父的作法，讓位於其子光宗。但光宗由於病弱，只作了五年皇帝，便不得不讓位於其子寧宗，是爲南宋第四代皇帝。寧宗在位三十年，起自慶元元年(一一九五)，終於嘉定十七年(一二二四)，可說是宋詩的第二個盛世。詩人之中，陸游的名望最高，又有范成大與楊萬里，並稱范陸或楊陸。三人以楊、陸、范的次序，於北宋最後三年內各隔一年出生，又都是互相認識的朋友。他們都在高宗之世度過他們的青年時代，可是只有范成大留下這時期的作品；陸游與楊萬里都加以刪除，拒絕示之於人。說不定這是對高宗卑屈的外交政策所表現的無言的反抗。

陸游（一一二五——一二〇〇），字務觀，號放翁，有《劍南詩稿》八十五卷，收錄自三十二歲起到八十五歲去世爲止，五十多年的詩，總數九千二百多首，而且大部分是他生前親手按創作年代所編選。從這部詩集裡，可知他的年紀越大作品越多。譬如在孝宗早期，當他四十六歲到五十四歲，在四川境內宦遊各地的時候，已經相當多產；及至六十六歲退隱歸田後，住在浙江紹興附近農村的最後二十年間，作詩如寫日記，從不間斷，產量更加可觀。像這樣多產的詩人，即使不是絕後，也是空前的。單憑詩篇數目之大，已夠驚人。況且將近一萬首，除了偶然難免的重複之外，每首都有充實完整的內容，都富於積極實踐的精神；無論長短，各有各的造詣，很少令人有草率敷衍的感覺。正如趙翼說：「每一首必有一意。就一首中，如近期，每首二聯，又一句必有一意。凡一草一木一魚一鳥，無不裁剪入詩，是一萬首即有一萬大意，又有四萬小意。」（《甌北詩話》卷六）

陸游無疑是個精力充沛、性格積極的人物。他作爲政治家固然不甚得意，但終生不忘收復中原，一直主張對金採取強硬政策，大舉北伐，統一全國。可是他主戰的言論並不受重視，不滿失望之餘，只好在詩裡發洩他愛國的熱情。例如：「男兒墮地志四方，裹尸馬革固其常」（〈隴頭水〉）；「千年史策恥無名，一片丹心報天子」（〈金錯刀行〉）；「一朝出塞君試看，且發寶雞暮長安」（〈秋興〉）。像這樣的雄心壯志，在他的詩集裡，俯拾即是。甚至到了八十六歲臨終的詩〈示兒〉，也不例外（見後引）。因爲熱情洋溢，所以無論作詩或從政，都能表現非常積極的態度；而且每經一次挫折，他並不消沉，他的熱情反而更加激昂起來。

陸游石刻像（一一二五—一二〇九）

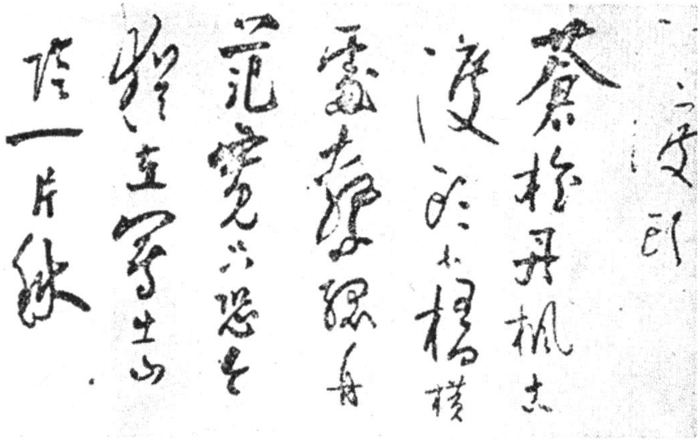

陸游．渡頭詩

陸游的北伐主張，不但不受當權要路的重視，反而時時遭到排斥與壓迫。「王師北定中原」的理想既然在現實世界裡沒有實現的可能，只好託之於夢，聊以自慰。根據趙翼的統計，陸游的紀夢詩共有九十九首（《甌北詩話》卷六）。譬如五十八歲時所作的一首七言古詩，題云：「五月十一日夜且半，夢從大駕親征，盡復漢唐故地。見城邑人物繁麗，云西涼府也。喜甚，馬上作長句，未終篇而覺，乃足成之。」其實，陸游也跟南宋的一般人一樣，對於敵國金的情形並不大清楚。例如淳熙十一年（一一八四），他六十歲時所作的詩，就有題為〈聞虜酋遁歸漠北〉，或〈聞虜政衰亂掃蕩有期喜成口號〉等，可見他所了解的金國，多半基於想當然耳的道聽塗說，並非實情。事實上，當時的金國在英主世宗的統治下，休兵息民，全國上下正在享受著從未有過的和平與繁榮，因此世宗甚至有「小堯舜」之稱。像這樣對國際局勢的隔膜無知，也是使陸游在政治上招致挫折的原因。

再者，陸游在家庭生活方面也並不怎麼順利。他與元配夫人伉儷情深，卻不得母親的歡喜，竟被迫與她離了婚。這件事變成了他終生的痛苦回憶，留下了好幾首動人的詩詞。如六十三歲時有絕句二首，題為〈余年二十時嘗作菊枕詩，頗傳於人；今秋偶復采菊縫枕囊，悽然有感〉。錄之於下：

> 采得黃花作枕囊，曲屏深幌閟幽香。
> 喚回四十三年夢，燈暗無人說斷腸。

「黃花」就是菊花。在擺著屏風、垂著帷幔的臥房裡，剛用菊花裝好的枕頭散著淡淡的幽香，不覺想起四十年前的往事。那時候兩人還沒分離，她就替他裝過同樣的枕囊。回憶當年的幸福，更增眼前的悲哀。其二云：

少日曾題菊枕詩，蠹編殘稿鎖蛛絲。
人間萬事銷磨盡，只有清香似舊時。

詩中所提年輕時的〈菊枕詩〉，現已失傳。日本名作家幸田露伴（一八六七—一九四七）的小說《幽秘記》，寫的就是陸游與元配之間充滿哀怨的愛情故事。即使到了七十五歲的高齡，陸游還不能忘懷，又作了膾炙人口的七言絕句〈沈園〉二首。

事業與生活上的挫折，使他悲憤慷慨，也使他產生了不少感傷的詩。在這方面，他的詩給人的印象，與從前的宋詩，特別是北宋的詩比較起來，就很不相同。他不但不壓抑悲哀，反而露骨地加以表現出來。甚至可以說，感傷是汪洋大海般的陸游詩的平常本色。要是從這汪洋大海裡掬些點滴的話，例如淳熙四年（一一七七），五十三歲，作於四川的〈感秋〉七律：

西風繁杵擣征衣，客子關情正此時。
萬事從初聊復爾，百年彊半欲何之。
畫堂蟋蟀怨清夜，金井梧桐辭故枝。
一枕淒涼眠不得，呼燈起作感秋詩。

詩中悔恨淒涼之情溢於言表。大意謂：在偏遠的四川又到了秋風瑟瑟的季節，每聽到婦女們忙著捶洗軍服的聲音，此起彼落，就不由得想起自己坎坷的一生，徒增無限的慨歎。從當初到現在，自己的政治抱負也好，個人生活也好，眞是一籌莫展，萬事俱休。如今年齡已過半百，依然流落在四川，浪費光陰；而朝廷則對金委曲求全，毫無恢復中原的意志。那麼，此後自己應該何去何從呢？夜深了，在萬籟俱寂中，畫堂的蟋蟀不斷地發出怨鳴，加上外面井邊梧桐蕭颯的落葉聲，惱得孤零零的自己無法入眠，只好起來作一首感秋詩，把心中的一股悲憤之氣發洩出來。「繁杆」是頻繁的擣衣聲。「客子」指陸游自己。「畫堂」，飾有彩畫之堂。「金井」，用金屬欄杆圍起來的水井。

又如淳熙十一年（一一八四），六十歲，在故鄉山陰（今紹興縣）所作的七律〈悲秋〉：

病後支離不自持，湖邊蕭瑟早寒時。
已驚白髮馮唐老，又起清秋宋玉悲。
枕上數聲新到雁，燈多一局欲殘棋。
丈夫幾許襟懷事，天地無情似不知。

「支離」是病後身心俱憊、衰弱不堪的情形。「湖邊」的湖，指陸游住處附近的鑑湖，亦作鏡湖。「早寒」，提早的冷天。「馮唐」是漢朝初期的人，雖然活了九十歲，但終生不遇，鬱鬱而終。「宋玉」是人人皆知的楚辭作家，他的〈九辯〉可說是悲秋之祖。陸游在枕上聽到的哀雁，多半是從北方金國飛來的；而燈前棋盤上尚待收拾的殘局，用意似在象徵金宋對峙的局勢。關於最後「天地無情」一句，可能有種種不同的解釋。但在這裡，我不想作深入的分析，只想舉出一個類似句：「空自呼天天豈知」（見後引〈貧甚作短歌排悶〉），以供參考。

陸游對於往往顯得過分冷靜的北宋詩，似乎不大以爲然，而且引起了加以反抗的意識。談到反抗北宋詩的意識，其實在南宋初期的詩壇裡，早已開始醞釀著。前章所述陳與義、朱松等人對唐詩的嚮往，可說就是這種反抗意識的表現之一。不過，還得等到大詩人陸游的出現，憑著他熱情積極的性格，才恢復了中國詩的抒情傳統，並且達到了開花結果的地步。

陸游覺得他自己的詩最近於杜甫詩，特別對杜甫激昂慷慨的熱情具有莫大的共鳴。他年輕時好像已經相當仰慕杜甫，到了五十歲前後的七八年間，在四川輾轉做地方小官，由於四川是杜甫後半生的住處，同病相憐之餘，使他更親近了杜甫。譬如陸游近一萬首詩中，約有一半是七律，就與杜甫的嗜好相近；又在陸游的七律之中，如前引〈感秋〉一詩，點出「蟋蟀怨清夜」、「梧桐辭故枝」等自然景物，藉以襯托並加強抒情的效果，也很像杜甫的手法。或者可以說，很像唐詩的作風。不過，陸游畢竟是宋人，所以如〈悲秋〉一詩中的對聯：「枕上數聲新到雁，燈前一局欲殘棋。」除了寫景之外，也同時涉及人事，正是宋詩不忘人事的表現。如果把陸游五千首左右的七言律詩，仔細地闡析歸類的話，可能會發現他的特殊技巧、風格或思想。

總之，陸游處理熱情的方法與杜甫不盡相同。他不像杜甫那樣，一味地讓感情奔騰，爲悲哀所淹沒，以至於無暇他顧的境地。陸游不愧是宋人，不管他有沒有意識到蘇軾的達觀哲學或反抗哲學，他畢竟還繼承著這個北宋以來的傳統。固然，也許由於他有反抗北宋詩的意識，所以並不像蘇軾那樣露骨地在詩裡談論哲理，但他從一萬首詩中，還是可以看出，他並非完全置哲學思想於不顧，只是不那麼偏重而已。

首先，他與蘇軾一樣，肯定了憂愁哀傷爲人生必然而普遍的因素。例如淳熙三年（一一七六），五十二歲，作於四川的〈春愁〉詩，就流露了這種人生觀。

春愁茫茫塞天地，我行未到愁先至。
滿眼如雲忽復生，尋人似瘧何由避。
客來勸我飛觥籌，我笑謂客君罷休。
醉自醉倒愁自愁，愁與酒如風馬牛。

「瘧」指瘧疾。「觥」是大酒杯；「籌」是計算杯數的籌碼。最後一句說「愁與酒」之間，「風馬牛」不相及，根本毫無關係。所以像「借酒澆愁愁更愁」的說法，是不能成立的。喝酒不一定爲了解愁，只是爲了求醉而喝；本來有了憂愁，喝酒既不會更愁也不會減愁。不過詩中比較重要的是第二聯：愁就像天上浮雲，去而復來；又像瘧疾在身，躲也躲不開。換句話說，只要人生在世就難免有愁。這種憂愁遍在的認識，隨時隨地流露在他的詩集之中。在他晚年的作品裡，如死前一年，八十四歲所作的〈讀唐人愁詩戲作〉五首絕句，其一云：

少時喚愁作底物，老境方知世有愁。
忘盡世間愁故在，和身忘卻始應休。

要而言之，只要有生命就有憂愁。第二首云：

清愁自是詩中料，向使無愁可得詩。
不屬僧窗孤宿夜，即還山驛旅遊時。

這裡主張無愁即無詩，愁是作詩的好材料，表現了主動役愁而不役於愁的積極態度。其他三首的看法與語氣也大致相同。

其次，悲哀固然普遍存在，但他並不承認悲哀就是人生。他覺得人生還有隨地可欣、隨時可樂的一面。這點也與蘇軾的哲學，一脈相承。如淳熙元年（一一七四），陸游五十歲，旅遊到四川大邑縣時，作有〈憩黃秀才書堂〉五古一首，就可以舉出來作個例子。這首詩的起句：「吾生如虛舟」，似乎有意學蘇軾的「吾生如寄耳」。全詩如下：

吾生如虛舟，萬里常泛泛。
終年厭作客，著處思繫纜。
道邊何人居，花竹頗閑淡。
門庭淨如拭，窗几光可鑑。
堂上滿架書，朱黃方點勘。
把茅容卜鄰，老死更誰憾。

在初次見面的黃秀才的書齋裡，坐下來休息一下終年奔波的身子。看到門庭閑淡的花竹，房裡窗明几淨，滿架書籍，不由得感到了非常的幸福。多年來總是作客在外，已經有點厭倦了，所以每到一個地方，就希望能夠久居下去，過一過安定的生活。這個地方眞不錯。如果黃秀才容許的話，我想在鄰近蓋個茅屋，即使住到老死，又有什麼遺憾呢？

再者，詩中第一聯：「吾生如虛舟，萬里常泛泛」，以泛泛的虛舟比喻浮沉不定的人生過程，而含有反抗時間之推移的態度；儘管隨波逐流，卻不失其堅忍不拔的自我意志。這一點也與蘇軾的人生觀相同。把這種傾向表現得最清楚的是〈山頭石〉，作於紹熙四年（一一九三），時陸游六十九歲，隱居於故鄉的山林。

秋風萬木實，春雨百草生。
造物初何心，時至自枯榮。
惟有山頭石，歲月浩莫測。
不知四時運，常帶太古色。
老翁一生居此山，腳力欲盡猶躋攀。
時時撫石三歎息，安得此身如爾頑。

大意謂：上天當初不知是何居心，所造的自然萬物中，既有春生秋落夏榮冬枯，年年按季節循環的草木；又有自太古以來不受歲月影響，永遠不改變的「山頭石」。最後四句，轉而反省自己在自然中的存在。自己一生住在此山中，已經變成一個老翁了，雖然兩腳衰弱無力，還是照常出去攀登遊覽。這正表現他有山登山，有河渡河的積極向前的精神。而且每次爬到山頭，就時時撫摸那塊「不知四時運，常帶太古色」的大石，反觀人類生老病死、短而易變的一生，不免爲之慨歎再三。但陸游儘管歎息，卻不消極。在絕望中仍然抱著一線希望，希望自己也能像石頭那樣，頑固地抗拒歲月的推移以至於永恆。

像這種抗拒人生的哲學，已見於陸游更早的詩中。如五十歲那年作於四川的五古〈白髮〉，起句云：

> 我生實多邅，九折行晚途。

這兩句使人聯想到前引蘇軾〈次前韻寄子由〉的第一聯：「我少即多難，邅回一生中。」兩者的關係是顯而易見的。

陸游詩之富感傷而不終於感傷，足見蘇軾以來的超越達觀的哲學，仍然爲他所繼承而且給他以影響。他的環境與教養也有助於擴大他的視界。他的家庭自祖父陸佃以來，就是書香門第。陸家的家學及於醫藥。陸游後來喜歡施藥於農民，正是這種家學淵源的結果。當然陸游一生的學問並不限於醫藥之學。如淳熙四年（一一七七），作於成都的〈讀書〉絕句云：

> 歸老寧無五畝田，讀書本意在元元。

燈前目力雖非昔，猶課蠅頭二萬言。

「元元」即善良的民眾。根據他的自注，作這首詩時正在讀著小字本《資治通鑑》。他並不是無田可以歸隱，但讀書的本來目的，就是替國家人民服務，所以即使到了目力已衰的年紀，還不放棄讀書，以便充實自己的學問，增廣自己的見識。這是他作爲知識分子的責任感。

陸游的詩具有先天的熱情，加上後天修來的廣泛的視界，二者相結合而產生一種可能更重要的特色。他固然是個熱情的人，但他的視界並不因熱情而受到蒙蔽或局束；那麼，當熱情在無局無束的視界裡，自由自在地發揮作用時，無疑會更廣泛更深刻地掌握並反映現實。這就是陸游詩的第三種特色。不過，他卻不想以冷靜的抽象觀念來處理多面的視界，歸納廣泛的見識。他似乎覺得唯有感性的現實認識，才適合他那身體力行的積極性格。他這種特殊的傾向，在他晚年住在鄉村期間，越顯得活潑起來。自陶淵明以來，歌詠農村的「田園詩人」並不少。但像陸游那樣，從多種角度，憑感覺觀察並描寫農村生活的，卻還沒有。

這裡不妨列舉一下他所寫的題材。首先，可以舉出四季農耕的情形、新春、端午、豐收等節日、結婚、納稅、付不起稅而逃亡的「逋戶」（《劍南詩稿》卷五十九，下同）。此外，有村醫（五十九）、賣藥翁（七十二）、牙醫（五十六）、裁縫（三十九）、帽工（三十九）、賣薪翁（六十九）、鼓聲終夜的酒家（六十四）、和尚（四十）、術士（二十九）、卜者（三十二）、社戲等鄉下娛樂（二十七、三十二、三十三、五十三、六十八、八十）、老戲子（二十六）、農忙時報曉的鐵牌（二十）、社酒社肉（五十三）、農忙時稱爲「客」的短工（六十六）、修路（四十五）、村童、兒童冬學——十月入學讀

《百家姓》（二十二、二十五）、茶店（七十七）、客棧（六十一）、新婚男子服兵役（六十九）、村人相爭（六十二、七十）、小偷（二十四、六十）等等。我所舉的並不全，不過，由此已可以看出十二、十三世紀浙江東部農村生活的詳細情形了。

由於陸游對農民的辛勤勞苦，具有同情與尊敬，這些詩裡的描寫都相當深刻生動。例如他死前一年，即八十四歲時所作的數首〈農家〉，有一首云：

大布縫袍穩，乾薪起火紅。
薄才施畎畝，朴學教兒童。
羊要高為棧，雞當細織籠。
農家自還樂，不是傲王公。

「大布」是紋路粗大的綿布。「畎畝」是耕地。此詩寫出了農村樸實自足，不傲不卑的生活。又有一首寫村童下學，在路上戲耍的情形：

諸孫晚下學，髻脫繞園行。
互笑藏鉤拙，爭言鬥草贏。
爺嚴責程課，翁愛哺飴餳。
富貴寧期汝，他年且力耕。

「諸孫」即農村諸家的子孫。「藏鉤」是一種遊戲，簡單地說，就是分成兩隊，一方手裡藏鉤或其他東西，讓對方猜在誰手裡，猜對了算贏。「鬥草」是找花草的比賽。「程課」即學生作業。「飴餳」是糖果。農家父老期待於子孫的，並不是富貴，只是作個好農夫而已。

陸游於歸隱田園後，靠有限的養老金維持生活，自己似乎也下田耕作，使他更能體會農民的生活與心情。事實上，他自覺得已變成了一個農民。譬如六十七歲時有一首〈晚秋農家〉云：

我年近七十，與世長相忘。
筋力幸可勉，扶桑業耕桑。
身雜老農間，何能避風霜。
夜半起飯牛，北斗垂大荒。

他是個小地主，至少也是個自耕農，但並不富有，難免也有青黃不接的時候。如八十歲作的〈貧甚作短歌排悶〉，其中有句云：

年豐米賤身獨飢，今朝得米無薪炊。
地上去天八萬里，空自呼天天豈知。

過了一年，又有〈貧甚戲作絕句〉：

糴米歸遲午未炊，家人竊閔乃翁飢。
不知弄筆東窗下，正和淵明乞食詩。

這些歎窮的作品容或有些誇張，但大概還是來自他本人的實際經驗，不是純粹的無病呻吟。

陸游共有六個兒子，他是個性情中人，對他們當然愛護備至。到了晚年，孩子們一個個長大成人，而且到外地工作去了，生活的寂寞是不難想像的。他送兒子遠行或想念他們的詩，往往流露著隱忍的惆悵與無限的關懷，在以父愛爲主題的中國詩中，獨創一格。譬如作於嘉泰二年（一二〇二）的〈送子龍赴吉州掾〉一詩，以「我老汝遠行，知汝非得已」開始，囑咐次男子龍路上要小心，做事要負責，待人要老實，不可有所求於長輩，不必擔心家裡老人的生活，如此這般一再叮嚀之後，結束道：

汝去三年歸，我儻未即死。
江中有鯉魚，頻寄書一紙。

語氣平實而感人至深。他對家庭的愛情也包括家裡養的貓。他有幾首寫貓的詩，如〈得貓於近村以雪兒名之戲爲作詩〉、〈贈粉鼻（畜貓名也）〉、〈嘲畜貓〉、〈贈貓〉等。下面不妨舉七絕〈贈貓〉爲例：

裹鹽迎得小貍奴，盡護山房萬卷書。
慚愧家貧策勳薄，寒無氈坐食無魚。

「貍奴」是貓的雅稱。「裹鹽」就是包鹽。當時向人家要貓，大概有送鹽的習慣。另外一首同樣題爲〈贈貓〉的五律，也有「裹鹽聘貍奴」之句。向人要貓來養，爲的是希望他抓老鼠，保護書籍，只是家裡很窮，無法報答他的功勞，既無氈子讓他冬天保暖，又無魚鮮讓他吃飽，越想越慚愧。陸游在四川的時代，有一首〈夜坐觀小兒作擬毛詩欣然有賦〉七言古詩，讀來彷彿自傳小說。最後兩句云：「夜闌我困兒亦歸，獨與貍奴分坐毯。」

近代的文學史家往往把陸游當作「愛國詩人」。他愛國的熱情與意識，固然集中於消滅金國、恢復中原的主張上面，但他之所以堅持對金抗戰的目的，歸根結柢，還是在於謀取國內同胞的幸福。從他七十歲作的〈歲暮感懷以餘年諒無幾休日愴已迫爲韻〉一詩裡，可知他與王安石一樣，主張根據古代井田制度，施行平分土地、消除貧富之別的政策。又在〈幽居記今昔十首以詩書從宿好林園無俗情爲韻〉的第一首裡說：

總角入家塾，學經至豳詩。
治道本耕桑，此理在不疑。

「豳詩」指《詩經》〈豳風〉裡的詩，特別是〈七月〉。〈七月〉是〈豳風〉的第一篇，共有八章，每章十一行，描寫農民勤於耕作的情形，每月有每月不同的工作，一年到頭忙個不完，無非是爲了全國上下能過足衣足食的生活。陸游在政治經濟思想上是個農本主義者。

陸游近一萬首詩中，有一種久而彌堅、始終不變的意識，那就是作爲知識分子的社會責任感。如八十四歲時所作的七律〈冬夜思里中多不濟者愴然有賦〉云：

大耋年光病日侵，久辭微祿臥山林。
雖無歎老嗟卑語，猶有哀窮悼屈心。
力薄不能推一飯，義深常願散千金。
夜闌感慨殘燈下，皎皎孤懷帝所臨。

「大耋」是八十以上老人。「皎皎孤懷」，皎潔如明月但孤獨無援的胸懷，指他對「里中不濟者」的「哀窮悼屈」之心，以及有意幫助而力有所不能的感慨。「帝」即天帝。同年，在題爲〈夜坐〉一詩裡，寫出了他只有「皎皎孤懷」而無能爲力的心情：

家家績火夜深明，處處新畬雨後耕。
常媿老身無一事，地爐堅坐聽風聲。

次年即寧宗嘉定二年（一二〇九）十二月，陸游便以八十五歲的高壽與世長辭了。那首有名的〈示兒〉絕句，便是他的辭世之作：

死去元知萬事空，但悲不見九州同。
王師北定中原日，家祭無忘告乃翁。

這年長子陸子虡六十二歲，末子子遹三十三歲，六個兒子都還健在。陸游在生前看不到中國的統一，固然悲哀，卻不完全絕望。他還期待著下一代能夠完成「北定中原」的任務，那麼，也可告慰於他在天之靈了。

南宋末期，推賞或批評陸游詩的人開始出現。戴復古就是其中的一個。他有〈讀放翁先生劍南詩草〉七言律詩一首，雖然只褒而不貶，卻能道出陸游的好處，錄之於下以供參考：

茶山衣缽放翁詩，南渡百年無此奇。
入妙文章本平淡，等閒言語變瑰琦。
三春花柳天裁剪，歷代興衰世轉移。
李杜陳黃題不盡，先生模寫一無遺。

最後一聯說，李白、杜甫、陳師道、黃庭堅等大詩人，還沒寫過或寫而未盡的題材，陸游都能一一納入詩中，毫無遺漏地「模寫」出來，在中國詩史上，承先啓後，寫下了重要的一頁。

第二節　范成大

范成大(一一二六—一一九三)，字致能，自號石湖居士，吳郡人。當他在四川制置使任內，比他大一歲的陸游曾做過他的參議官。一生官運亨通，節節高升，晚年做到宰相職的參知政事。著有《石湖居士詩集》三十三卷，共一千九百十六首。或許與他的地位身分有關，他的詩顯得優雅端正，沒有陸游《劍南詩稿》那樣多彩粗放。在爲人處世方面，他也不像陸游似的放誕無忌、不拘禮節。再者，陸游是錢塘江東的紹興人；范大成則是錢塘江西的蘇州人，可能對兩人的性格作風也有影響。後世在文學或藝術上的吳派(江蘇)與浙派(浙江)之分，似乎已在這兩人的詩裡流露出來了。

范成大由於歷任不少地方的要職，所以寫了不少旅行的詩。如〈高淳道中〉云：

路人高淳麥更深，草泥霑潤馬駸駸。
雨歸隴首雲凝黛，日漏山腰石滲金。
老柳不春花自蔓，古祠無壁樹空陰。
一簞定屬前村店，哀哀炊煙起竹林。

高淳是江蘇南京的鄰縣，大概是富庶的地區。詩中的寫景，以新穎的感覺把握自然，可說極爲成功。「一簞」是裝飯用的小筐，相當於簡便的飯盒。「店」大概指村裡簡陋的茶店。詩人在鄉下趕

范成大（一一二六—一一九三）
——據「吳郡明賢圖傳贊」

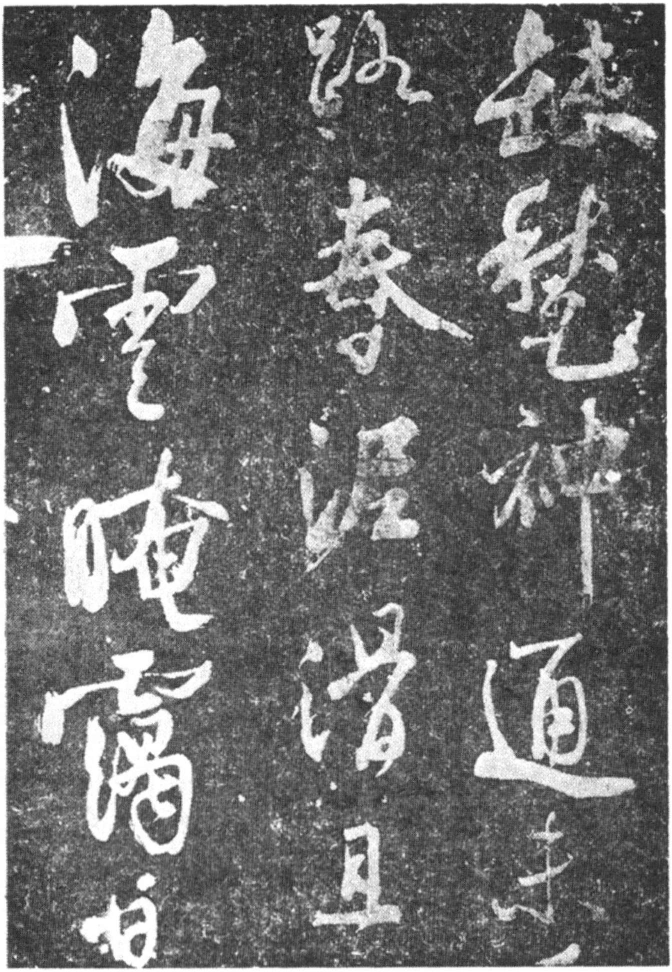

范成大．詩碑

路，忽然看到前面村子竹林裡冒著炊煙，就決定到那裡找個茶店休息吃飯。

在他的旅行詩中，比較特別的是孝宗乾道六年（一一七〇），四十五歲，以資政殿大學士身分，奉命使金時所作的一系列七絕，共七十二首（《詩集》卷十二）。其中題爲〈相國寺〉的一首，寫路經北宋舊都開封的所見，有注云：「寺榜猶祐陵御書。寺中雜貨，皆胡俗所需而已。」詩云：

傾檐缺吻護奎文，金碧浮圖暗古塵。
聞說今朝恰開寺，羊裘狼帽趁時新。

「奎文」指徽宗皇帝御書的匾額。「浮圖」是佛塔。聽說今天正好是「開寺」的日子，可是寺中所賣的時新貨品，都是女眞人用的羊皮裘皮帽之類，爲之感慨萬千。這一系列的紀行詩，最好與他的〈攬轡錄〉對照並讀，更有意思。范成大也是寫遊記的好手。孝宗淳熙四年（一一七七），他離開了四川長官的地位，沿著長江而下，以日記的體裁，把路上見聞寫成《吳船錄》一書。這本遊記與陸游在七年前溯江而上時所寫的《入蜀記》，同樣有名。在日本已有米內山庸夫與小川環樹的兩種譯本。

在范成大的詩中，日本人最熟悉的要算〈四時田園雜興六十首〉了。根據自序，這些詩作於淳熙十三年（一一八六），六十一歲，「沈痾少紓，復至石湖舊隱，野外即事，輒書一絕，終歲得六十篇」。石湖在蘇州郊外，是太湖的一部分。這裡先舉〈春日田園雜興十二絕〉的第一首：

柳花深巷午雞聲，桑葉尖新綠未成。
坐睡覺來無一事，滿窗晴日看蠶生。

以下分春日、晚春、夏日、秋日、冬日，各有十二絕。我曾經在《人間詩話》一書裡，介紹了六七首，並且指出這些田園詩，與日本與謝蕪村（一七一六—一七八三）的「俳諧」，頗有類似的地方。范大成的詩在江戶末期的日本，流行於詩人俳人之間，對於日本文學可能發生過影響。譬如說，〈晚春田園雜興〉中的第三首：

胡蝶雙雙入菜花，日長無客到田家。
雞飛過籬犬吠竇，知有行商來賣茶。

這是中國江南水鄉的風景，也是日本近江路的風景。如果有人從比較文學的觀點，分析闡明這些詩與蕪村俳句之間的異同，或追尋檢討兩人之間的影響關係，大概不至於毫無所獲的。

其他，如〈上元紀吳中節物俳諧體三十二韻〉、〈臘月村田樂府十首〉等等，都是研究蘇州風俗史難得的資料。但也許由於他官居高位，在觀察描寫農村生活時，難免帶有超然而旁觀的態度；不像陸游那樣平易近人，能與農民認同，而且變成了他們的一份子。

第三節　楊萬里、朱熹及其他

南宋中期的第三大家楊萬里（一一二七—一二〇六），字廷秀，號誠齋，江西吉水人。也是個多產的詩人。正如樓鑰在送他的詩裡說：「一官定一集，流傳殆千卷」（《攻媿集》卷二，〈送楊廷秀秘監赴江東漕〉），他每次在首都或地方換一個官職，所寫的詩就是足夠編一本集子。第一本詩集《江湖集》自序云：「余少作有詩千餘篇。至紹興壬午，皆焚之，大概江西體也。今所存曰《江湖集》者，蓋學後山、半山及唐人者也。」壬午即紹興三十二年（一一六二），亦即孝宗即位那一年。楊萬里是年三十六歲。所以《江湖集》所收的是他三十六歲以後的作品。這是他放棄黃庭堅等「江西」派的作風，而轉學陳師道、王安石以及唐人的詩期。關於這一點，他在第二本詩集《荊溪集》的自序裡，也說：「予之詩，始學江西諸君子。既又學後山五字律，現又學半老人七字絕句，晚乃學絕句於唐人。」但後來知江蘇常州時，在戊戌即淳熙五年（一一七八），五十二歲，元旦那天，「是日即作詩，忽若有悟。於是辭謝唐人及王陳江西諸君子，皆不敢學，而後欣如也。」以後，「萬象畢來，獻予詩材」，得心應手，不覺得作詩之難。又第五集《朝天集》自序云：「予游居寢食，非詩無與歸。」到了紹熙元年（一一九〇），六十四歲，在第七集《朝天續集》自序裡說，他的大兒長孺說他的詩，介於范成大與尤袤之間，「皆以予詩又變，余亦不自知也。……予詩自壬午至今，凡七集，近三千首云。」但其後，到寧宗開禧二年（一二〇六），他八十歲去世爲止，又有《江東集》與《退休集》。所以他一生一共出了九本詩集。楊萬里可說是僅次於陸游的多產詩人。

楊萬里畫像

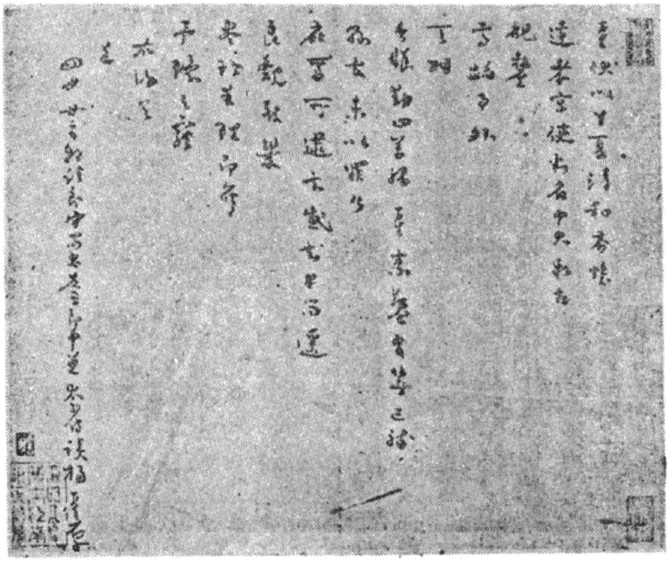

楊萬里手蹟

從楊萬里焚毀早年學黃庭堅江西派的作品，可見他對北宋的詩風並不是完全滿意的。的確，他後來有意超越北宋而接近唐詩。他對唐詩的嚮往，在南宋三大家之中，表現得最爲明顯。例如《荊溪集》所收〈讀唐人及半山詩〉絕句，作於五十二歲，即前引對於作詩「忽若有悟」那年：

不分唐人與半山，無端橫欲割詩壇（一本作：無端橫亂對詩壇）。
半山便遣能參透，猶有唐人是一關。

「不分」是不意或豈料之意，表示不滿意的感歎之詞。詩中大意謂：儘管世人認爲「半山」王安石足與「唐人」分庭抗禮、割據詩壇，其實，即使王安石的詩再好，還是與唐人隔著「一關」，根本不能相提並論。又在第四本詩集《南海集》裡有一首長詩，是爲〈送彭元忠縣丞北歸〉，中有句云：

學詩初學陳後山，霜皮脫盡山骨寒。
近來別具一隻眼，要踏唐人最上關。

這裡說初學詩的人，固然可以從陳師道學起，但不能以學得像陳師道爲已足，必須以陳師道爲墊腳石，通過他去追求唐人的最高境界。楊萬里對晚唐陸龜蒙的詩，也非常喜歡。如《朝天續集》裡的〈讀笠澤叢書三絕〉，其一云：

笠澤詩名千載者，一回一讀斷人腸。
晚唐異味誰同賞，近日詩人輕晚唐。

《笠澤叢書》就是陸龜蒙的詩集。同題第三首又有「拈著唐詩廢晚餐，旁人笑我病如顚」之句。那時候，孝宗皇帝在位，喜歡在扇上題唐人絕句，上有好者下必甚焉，楊萬里的同僚洪邁，就編了一部《唐人萬首絕句》。可見從那時候開始，唐詩，特別是唐人絕句，已經在世上逐漸變成一般的風尚了。

不過，楊萬里儘管欣賞唐人，他的詩絕不是唐詩的模仿品，反而具有獨特的自由而闊達的新精神新風格。這種特色在他所謂「忽若有悟」以前，已經相當明顯。這裡不妨從第一集《江湖集》，舉出兩首絕句來看看。如〈過百家渡四絕句〉的最後一首：

一晴一雨路乾濕，半淡半濃山疊重。
遠草平中見牛背，新秧疏處有人蹤。

又如〈感秋〉云：

舊不愁秋只愛秋，風中吹笛月中樓。
如今秋色渾如舊，欲不悲秋不自由。

楊萬里所作的詩當然不限於絕句。他也喜歡採用韻律自由的古體。如第六集《江西道院集》中，有與前引絕句同題的〈感秋五首〉，中有一首云：

平生畏長夏，一念願清秋。
如何遇秋至，不喜卻成愁。
書冊秋可讀，詩句秋可搜。
永夜宜痛飲，曠野宜遠遊。
江南萬山川，一夕入寸眸。
請辦雙行纏，何處無一丘。

他在用語方面也極爲自由，不受拘束。在宋代詩人之中，他最喜歡以俚語俗話入詩。而且他觀察事物、抒發感情、表達思想的方法，也往往出人意表。如《江湖集》的〈過神助橋亭〉，就是一例：

下轎渾將野店看，只驚腳底水聲寒。
不知竹外長江近，忽有高桅出寸竿。

「神助」大概是地名。河邊路旁的茶亭，原來蓋在河上，但進口處是與路同一平面，所以看不出來。詩人進入茶亭之後，聽到腳底下的潺潺流水，又忽然有高高的桅桿進入眼簾，不免吃了一驚。

楊萬里由於用語自由，題材出奇，表現新穎，他的詩往往被評爲粗俗傖俚或輕儇佻巧，別無所長似的。其實正如他的號「誠齋」，他的爲人踏實誠懇，終生服膺所謂正心誠意之學，著有《誠齋易傳》，在經學上也是相當有成就的儒者。因此，儘管他的詩以詼諧輕快見長，也時有主題比較莊重嚴肅的作品。如《江湖集》中題爲〈分宜逆旅逢同郡客子〉的絕句：

在家兒女亦心輕，行路逢人總弟兄。
未問後來相憶否，其如臨別不勝情。

此詩巧妙地寫出了人皆弟兄的博愛感情。離家遠行的人難免會惦念著在家的兒女，但只要有「四海之內皆兄弟」的胸襟，想家的感情自然會減輕不少。在旅途上偶在旅舍裡認識了些同鄉，可謂萍水相逢，明天又得各上征途。不管將來彼此是否還會記得這次的邂逅歡聚，一到臨別時，也難免不勝依依之情，一點辦法也沒有。

楊萬里的官歷，雖然比陸游順利，地位也高得多，但他對人民的愛護與同情，並不下於陸游。第八集《江東集》裡的〈道傍店〉，就是一例：

路傍野店兩三家，清曉無湯況有茶。
道是渠儂不好事，青瓷瓶插紫薇花。

清晨進入路傍的野店，因爲太早了，熱水還沒燒好，當然沒茶喝。坐下來看看店裡，居然有一青瓷瓶插著紫薇花，才知道野店的主人是個愛美的風流雅士。

前面說過，楊萬里極爲推崇唐詩。他所喜歡的唐人詩集，似乎也包括了白居易的《白氏長慶集》與元稹的《元氏長慶集》。但他總覺得這兩人的詩，偏重於描寫彼此的友情或私人的生活，而缺少對人民與社會的連帶意識。如《荊溪集》中的〈讀元白長慶二集詩〉云：

讀遍元詩與白詩，一生少傅重微之。
再三不曉渠何意，半是交情半是私。

「少傅」是白居易的官名；「微之」是元稹的字。在這裡可以看出楊萬里對元白的不滿。附帶值得一提的是陸游晚年，有人說他的詩風與生活很像晚年的白居易，他不同意，說：「不須強覓前人比，道似香山實不同。」語見〈懷舊〉詩，不妨與楊萬里上面一詩並讀，也可以看出唐宋詩的差別。

《荊溪集》中又有一首詩，題爲〈臥治齋晚座〉，寫出人間斷續而來的憂愁，以及詩人用來對付的方法與態度。詩是五言古體，錄之如下：

閉户坐不得，開牕納微涼。
樹林蔭白日，几研生碧光。

信手取詩卷，細哦三數章。
初披頗欣愜，再覽忽感傷。
廢卷不能讀，起行繞胡床。
古人恨如山，吾心澄於江。
本不與彼謀，云何斷我腸。
感罷翻自笑，一蟬催夕陽。

關於楊萬里與陸游之間的交游情形，從《朝天集》的〈雲龍歌贈陸務觀〉，以及《劍南詩稿》的〈送子龍赴吉州掾〉等，或贈答或言及的不少詩歌裡，可以見其一斑。儘管他們在官場裡的遭際有通塞順逆之不同，但作爲朋友，卻能始終互相敬重、互相勉勵，一直保持了深厚的感情。

除了上述的陸游、范成大、楊萬里之外，當時還有尤袤(一一二七—一一九四)與蕭德操(一一五一進士)，也被認爲詩壇大家，並稱尤楊范陸或尤蕭范陸，只是不知何故，尤、蕭兩家的詩集今已不傳。這時期的宋詩，在日本的江戶時代末期，由於山本北山(一七五二—一八一二)等人的提倡，曾經風行一時。如《陸放翁詩鈔》於享和元年(一八〇一)，《范石湖詩鈔》於文化元年(一八〇四)，以及《楊誠齋詩鈔》於文化五年(一八〇八)，都出過附有北山序文的日本刻本。這在一方面，固然是對一世紀前荻生徂徠(一六六六—一七二八)所倡唐詩尊重的反動；但在另一方面，陸游、范成大、楊萬里等人的詩，與蕪村的「俳諧」風格情趣，頗有不謀而合的地方，恐怕也是個重要的因素。

最後，在結束本章以前，我想附帶地提一下宋代最偉大的哲學家朱熹（一一三〇—一二〇〇）。他是詩人朱松的兒子，自己也善於寫詩。譬如他遊湖南衡山之作〈醉下祝融峰〉，頗有豪放之致：

我來萬里駕長風，絕壑層雲許盪胸。
濁酒三杯豪氣發，朗吟飛下祝融峰。

又如他在福建武夷時，營有別墅雲谷，並寫了絕句〈雲谷二十六詠〉，極富秀逸之氣。下面一首題爲〈蓮沼〉：

亭亭玉芙蓉，迥立映澄碧。
只愁山月明，照作寒露滴。

朱熹也是個文學評論家。他對詩文或文學一般的見解，往往能言人之所未能言，散見於與弟子的對話錄《朱子語類》最後幾卷，以及《晦菴先生朱文公文集》的〈答鞏仲至書〉等文之中。他又重寫了《詩經》、《楚辭》的注釋，校訂了唐韓愈的全集，在在顯露了作爲文學批評家的見識。他對於唐詩，推崇陳子昂與李白而不喜晚年的杜甫。於同代詩人則以陸游爲第一。至於那首「少年易老學難成，一寸光陰不可輕」云云的七絕，在日本因爲常見於教科書中，變得家喻戶曉，通常都認

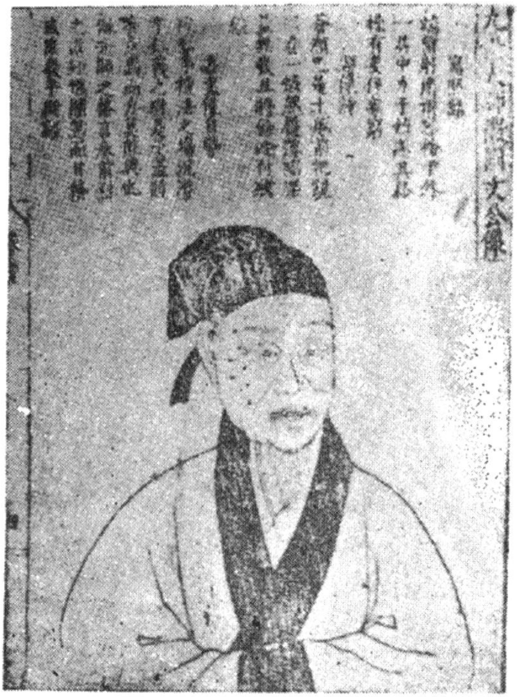

朱熹（一一三〇—一二〇〇）——從明萬曆年朱氏家譜

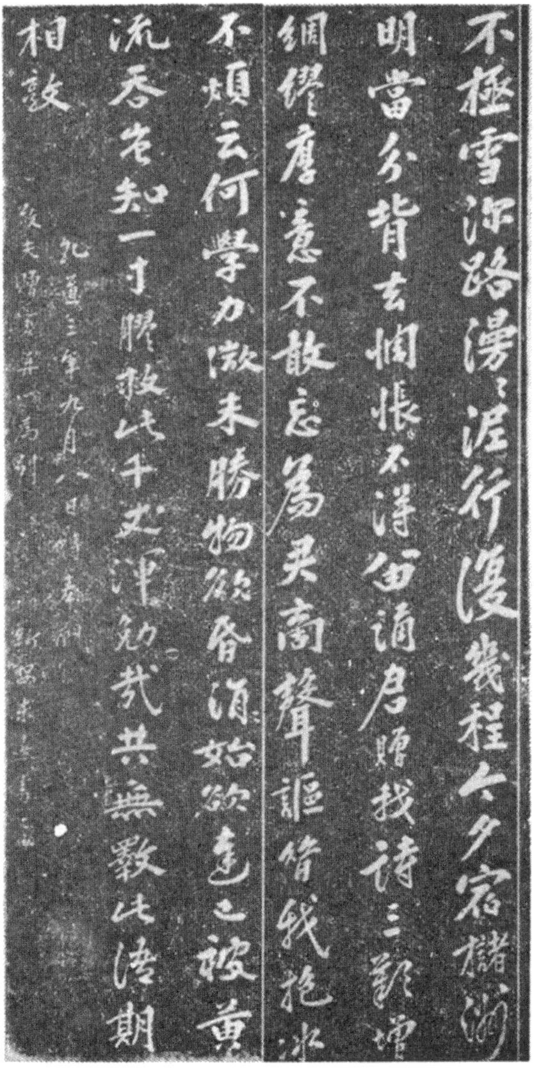

朱熹．與張栻詩

爲是朱熹的作品。但他的弟子所編的全集卻不收這首詩。或者這首詩的確是朱熹所作的，只是像這樣的詩並無補於大儒朱子的詩譽。

當時的學者，除了朱熹之外，像樓鑰（一一三七—一二一三）、洪邁（一一二三—一二〇二）、其兄洪适（一一一七—一一八四）以及周必大（一一二六—一二〇八）等，也都作詩，而且似乎相當不錯。可惜我還沒有細讀他們詩集的機會。這裡，我只想舉一首樓鑰的七律〈諭悲秋者〉（《攻媿集》卷十二），結束南宋中期的討論。宋人對抑制悲哀的意願與態度，在這首詩裡也表現得相當清楚，詩云：

黃雲萬頃一時收，喜見高空風露秋。
歲事及今將告畢，人生到老盍歸休。
固知景物能興感，亦有癡人苦過憂。
胸次果然無一累，豈容秋月使人愁。

第六章

十三世紀　南宋末期

第一節　民間詩人

宋詩到了十三世紀的南宋末期，固然沒再出現什麼偉大的作家，但是整個詩壇卻充滿著小詩人，也氾濫著小詩人所寫的小詩。

這個時期在政治史上可以分爲前後兩半。前半期是寧宗治下的三十年（一一九五—一二二四）；後半期是理宗治下的四十年（一二二五—一二六四）。

前半期的寧宗皇帝，在其父光宗因宮廷紛爭而被逼退位後，於一一九四年登上寶座，次年即改年號爲慶元元年。韓侂胄以擁立新帝有功，獨攬朝政，一旦大權在握，就以「僞學」之名，追放對自己不利的朱熹等一共五十九人。陸游晚年，曾爲韓侂胄撰《南園閱古泉記》，因而招致了不少譏評，認爲是他清節的污點。進入十三世紀後，寧宗改元嘉泰，繼之以開禧。韓侂胄想立功來鞏固自己的地盤，便對金宣戰，結果大敗而歸；不但立不了功，反而被砍下了腦袋，送到了金國首都北京，當作重訂和約的信物。這個事故以後的嘉定年間（一二〇八—一二二四），蒙古的成吉思汗已發動了對金的侵略，使金不得不把國都遷到開封。可是對這種北方局勢的變動，南宋的人或知之而不詳，或置之不問，照常過著自以爲太平的日子。而且幸而成吉思汗的狂風暴雨，暫時吹向西方，遠至歐洲，南宋的一般人民更不把他放在心上了。

後半期的理宗原是當時宋室的遠親，但由於宰相史彌遠的陰謀，排除了內定的皇儲，把他招進宮來擁上帝位。他在位四十年間，解除「僞學之禁」，尊崇「道理之學」，因而有「理宗」的廟號。貶抑王安石的地位，也是他的施政之一。最初的年號寶慶、紹定年間，史彌遠當權，大肆彈壓敢於批評他的民間詩人。以後又是一連串吉利的年號：端平、嘉熙、淳祐、寶祐、開慶、景定。但就在這些吉利的年號期間，成吉思汗的繼承者窩闊台汗，滅了南宋北方的金國，促生了金遺民元好問的悲歌。接著，蒙古又攻下雲南、西藏、越南。至第四代憲宗蒙哥，與其弟忽必烈，親率遠征部隊，逼近了南宋的四川與湖北邊境。理宗愛妃之弟賈似道用計阻止，總算暫時保持了依然歌舞升平的首都杭州。恰好蒙古內部這時也發生了紛爭，直到理宗末年，忽必烈汗建元中統，即統一中國之意，才下了君臨全中國的決心。

理宗死後，其甥度宗繼位，建元咸熙（一二六五—一二七四），在位十年，也是賈似道當權的時代。賈似道只知追歡尋樂，住在面臨西湖的葛嶺官邸，渾忘國事，日與群妾耽於「鬥蟋蟀」的遊戲。吳自牧的《夢粱錄》，描寫當時杭州的繁華浪費的生活，成書於度宗咸熙十年（一二七四）。就在這一年，蒙古忽必烈的遠征軍又開始南下。次年，度宗之子恭宗德祐元年，賈似道因爲督軍敗績，受到流罪的處分，被絞殺於漳州的木綿庵。又一年，即一二七六年二月，元將伯顏進軍杭州，把七歲的宋帝送到了大都北京。其後，文天祥、陸秀夫等，雖然在福建、廣東等地擁戴其他皇族，繼續抵抗，但已回天乏術，無能爲力了。日本史上所謂「元寇」的兩次侵襲，分別發生在杭州陷落的兩年前與五年後。

要之，由於一般人民對國際局勢的無知或漠不關心，南宋末期的長江流域，居然保持了半世紀以上的和平。不過在詩壇上，自從十三世紀初年，楊萬里、陸游等相繼去世之後，長江流域就沒再產生過大詩人。當時中國倒不是沒有大詩人，只是他們都出現在蒙古風暴下的北方。如慷慨悲歌的金朝遺民元好問就是一個。又如隨侍成吉思汗遠征西方的耶律楚材，始以遠西風物寫入詩中，也是個值得注意的人物（詳見吉川《元明詩概說》第一章）。

雖然如此，南宋末期的詩壇，其實不但不寂寞，反而顯得相當熱鬧。大詩人固然沒有，卻有無數的小詩人，在地方局部的和平環境裡，繼續作著他們的小詩，也自有一番盛況。這種情形與日本江戶末期突呈活躍的詩界文壇，頗有相似的地方。

儘管這些小詩人個別的作品，單獨而論，不足以登大雅之堂，但如果把他們放在一起，當作團體來加以衡量的話，就可以看出他們在中國文學史上，代表著一些極爲重要的、不可忽略的新發展。第一，這些詩人的出身，或是城裡的商人，或是鄉下的地主，大多數是平民，不是官吏。從此以後，通過元、明、清各代，文學藝術的欣賞、創作、整理或保護等活動，便由少數的書生官僚階級，轉入所謂布衣階級的手裡，逐漸在民間普遍起來。假如用奇特的說法，南宋末期就是文學活動民主化的開始。第二，這時期的詩多半成於平民之手，由於所受教育有限，自然很難像從前的宋詩那樣，保持高深的知識水準或思想內容。於是，恢復唐詩平易的抒情的傾向，也就越來越明顯起來。這也是元明詩偏於模擬唐詩的開始。

嚴格地說，平民作詩的現象以前並不是完全沒有。南北宋之間吳可所著《藏海詩話》，記哲宗元祐年間（一〇八六—一〇九三），即蘇軾以舊黨領袖在朝當政的時候，「榮天和先生客金陵，僦居清化市，爲學館。質庫王四十郎、酒肆王念四郎、貨角梳陳二叔，皆在席下。……諸公多爲平仄之學，似乎北方詩社。」並錄有王念四郎，名莊，字子溫的〈送客〉一絕云：

楊花繚亂繞煙村，感觸離人更斷魂。
江上歸來無好思，滿庭風雨易黃昏。

《藏海詩話》又說：「幼年聞北方有詩社，一切人皆預焉。屠兒爲蜘蛛詩，流傳海內。」可見北宋已有平民結社作詩的風氣，可惜我所知道的有關資料，僅此而已。不過，再過兩個世紀的南宋末期，這種現象就普遍起來了，再者，當時的民間詩人之中，甘願作韓侂胄、賈似道等大官的「清客」，以詩文書畫的顧問身分，取悅奉承主子爲生的人，大概爲數不少。大官們似乎也有意加以籠絡，譬如廖瑩中、黃公紹等，就是因爲依附賈似道爲「客」而出了名。

第二節　永嘉四靈

南宋末期最早的民間詩人，要算活躍於寧宗時代（一一九五—一二二四）的「永嘉四靈」了。所謂「四靈」，就是趙師秀（？—一二一九），字紫芝，又字靈秀；翁卷（生卒年不明，一二一一年尚在），字續古，又字靈舒；徐照（？—一二一一），字道暉，又字靈暉；以及徐璣（一一六二—一二一四），字文淵、致中，號靈淵，都是浙江海岸永嘉（溫州）的人。趙師秀與徐璣兩人雖然做過官，但職位都很低。

這四人都主張學唐人。他們特別喜歡模仿枯淡的中唐晚唐的五言律詩。這種詩體詩趣的確合乎民間詩人的胃口。如徐璣的〈吾廬〉云：

蓬户閉還開，深居稱不才。
移荷憐故土，買石帶新苔。
藥信仙方服，衣從古樣裁。
本無官可棄，何用賦歸來。

本來就無官無位，當然不必學陶淵明寫〈歸去來辭〉，來抒發掛冠後無官一身輕的快樂了。

其他三人也都以淡泊的心情，描寫平民生活的喜悅。如趙師秀的七律，〈移居謝友人見過〉，大概作於杭州：

賃得民居亦自清，病身於此寄飄零。
筍從壞砌磚中出，山在鄰家樹上青。
有井極甘便試茗，無花可插任空缾。
巷南巷北相知少，感爾詩人遠扣扃。

又如徐璣的七絕〈夏日閑坐〉，是山中之作：

無數山蟬噪夕陽，高峰影裡坐陰涼。
石邊偶看清泉滴，風過微聞松葉香。

「永嘉四靈」所作的都是這樣的小詩，不過他們卻自以爲在盡著復興唐詩的任務。如徐璣說：「詩得唐人句」（〈次韻劉明遠移家二首〉）；徐照也說：「詩成唐體要人磨」（〈酬贈徐璣〉）。他們總是以學好唐人自期與互勉。當時，所謂永嘉學派的領袖人物葉適（一一五〇—一二二三），字正則，人稱水心先生，似乎對他們頗有影響，而且極爲照顧，曾經寫了徐照、徐璣兩人的墓誌銘。〈徐文淵墓誌銘〉云：「初唐詩廢久，君與其友徐照、翁卷、趙師秀議曰：昔日以浮聲切響，單字隻句計巧拙，蓋風騷之至精也。近世乃連篇累牘，汗漫而無禁，豈能名家哉？四人之語遂極工，而唐詩繇此復行矣。」（《水心集》卷二十一）可謂誇獎之至。但在〈徐道暉墓誌銘〉裡，除了誇獎他們之外，卻又「惜其不尚以年，不及臻乎開元、元和之盛」（《水心集》卷十七）。其實他們所效法的只是晚唐的賈島、姚合等人而已。

不過值得注意的，他們的詩固然如清顧嗣立所說，「間架太狹，學問太淺」（《寒廳詩話》），卻能寫出各人日常生活的樂趣。學唐詩而無唐詩的悲哀色彩，可見他們到底是宋人，依然繼承著蘇軾以來的達觀的人生態度。

趙師秀所編的唐詩選本《眾妙集》，好像被同輩的詩人當作作詩的範本，收有自唐初沈佺期到唐末王貞白，共七十六家的詩二百二十八首，大半是淺易平淡的五言律詩。有趣的是不收李白、杜甫、韓愈、白居易等大家的作品，大概是故意「敬鬼神而遠之」吧。

第三節　江湖派

繼四靈之後，有所謂江湖派的一群詩人。「江湖」即民間之意。當時錢塘有一個能詩的書賈，名叫陳起，蒐集了不少民間詩人的作品，刊爲《江湖詩集》、《續集》、《後集》等書。後人便把這些詩人合稱爲江湖派。這些集子現在已經不全，《四庫》所收有《江湖小集》九十五卷及《江湖後集》二十四卷，共得一百零九家。

陳起，字宗之，人稱陳道人，是杭州睦親坊一家書店的老闆。有詩集《芸居乙稿》收於《江湖集》中。這裡引其絕句〈早起〉爲例：

今早神清覺步輕，杖藜聊復到前庭。
市聲亦有關情處，買得秋花插小瓶。

「四靈」之一的趙師秀，有〈贈陳宗之〉一律，描寫陳家書店的情景，錄之於下：

四圍皆古今，永日坐中心。
門對官河水，簷依綠樹陰。
每留名士飲，屢索老夫吟。
最感書燒盡，時容借檢尋。

詩中「老夫」是趙師秀自稱。末兩行說，自己的藏書都被一場大火燒掉了，幸而可以在陳起的店裡檢尋資料，令人感激不盡。杭州本來就是火災頻發的都市。

從趙師秀這首詩，也可以知道陳起是個賣書的人。但在另一方面，他又是個出版者，曾經刊刻了一系列的唐人詩集，特別是小詩人的詩集，以應當時詩壇的需要。這些就是後世書目學家所謂的「陳氏書棚本」。另外還印了前面提到的《江湖》諸集，好像相當暢銷，居然還引起了一場筆禍。據方回《瀛奎律髓》（卷二十、〈梅花類〉）、周密《齊東野語》（卷十六）、羅大經《鶴林玉露》等書的記載，寧宗皇帝死後，宰相史彌遠結黨擅權，爲了擁立理宗，廢了原定繼承人的寧宗養子濟王竑，使他鬱鬱而終。劉克莊曾作〈落梅〉七律二首，有句云：「東風謬掌花權柄，卻忌孤高不主張」，對濟王的遭遇與不幸表示同情，並譏刺史彌遠爲非作歹。陳起自己的詩裡，亦有句云：

秋雨梧桐皇子府，春風楊柳相公橋。

另外有一個叫曾極，字景建的，是布衣詩人，也有不滿當權的詩句：

九十日春晴景少，百千年事亂時多。

劉克莊的〈落梅〉詩，見於《南岳稿》，就在《江湖集》中；曾極也是江湖派的作者。這些詩當然觸怒了史彌遠一黨，結果「江湖」諸集的木板全被毀掉。劉克莊被貶了官職，曾極和發行人陳起，雖不做官，也受到了流罪的處分。而且又有詔令禁止人們作詩，直到紹定六年(一二三三)，史彌遠死後，「詩禁」才被解除。

不過，詩歌的創作不是任何權力所能禁止的。江湖派一百多人之中，固然有洪邁或劉克莊那樣的大官，也有作詞名家如姜夔等，傳記稍爲清楚的人物，但絕大多數只留下了或多或少的作品，詳細的生平事蹟已不得而知。這點也許可以說明他們多半是平民。下面要介紹的戴復古與劉克莊，所傳的詩比較多也比較好，可以算是江湖派中最重要的兩個詩人。其中，戴復古就是一個純粹的布衣。

第四節　戴復古

戴復古（一一六七―一二四八？），字式之，號石屏，浙江天台黃巖人。原是農民出身，後來棄農寫詩，浪遊各地，所以自己說：「狂夫本是農家子，拋卻一犁游四方」（〈田園吟〉）。他活得相當久，生於孝宗的時代，到了理宗淳祐年間，已過八十歲而還健在。從〈市舶提舉〉一詩的「七十老翁頭雪白，落在江湖賣詩冊」；或〈祝二嚴〉詩的「糊口走四方，白頭無伴侶」等不少類似的自述，可知他的確以寫詩維生，大概是依附大官或富豪，藉獻詩來換得衣食或日常費用。譬如〈春日二首黃子邁大卿〉，作於杭州，就是一個例子。其第一首云：

野人何得以詩鳴，落魄騎驢走帝京。
白髮半頭驚歲月，虛名一日動公卿。
頗思湖上春風約，不奈樓頭夜雨聲。
柳外斷雲篩日影，試聽幽鳥話新晴。

既然靠賣詩獻詩來過活，非迎合顧客主子的好惡不可，所以作起詩來會多少帶點俗氣，也是不得已的事。戴復古就巴結過那個促使南宋亡國的賈似道，有詩云：「世有一秋壑，時無兩石屏」（〈蕭飛卿將使赴湖北戎幕詩送其行兼簡秋壑賈總侍〉）。秋壑是賈似道的號。石屏是他自己。不過，據稍後的批評家方回的看法，自寧宗慶元年間，即十二世紀末年以來，「乃有詩人為謁客者，……石屏亦其一也。相率成風，至不務舉子業。干求一二要路之書為介，謂之闊匾；副以詩篇，動獲數千緡以至萬緡。」像這樣的人在當時「什百為群」，為數不少。但戴復古混在那些奔走權門的詩人之中，卻不失其清廉的人格，所以還能得到縉紳們的尊重（《瀛奎律髓》卷二十）。

晚年，回家定居，有〈歸來二首兒子創小樓以安老者〉詩，寫出了結束奔走後的生活。其一云：

老去知無用，歸來得自如。
幾年眠客舍，今日愛吾廬。
處世無長策，閑時讀故書。
但能營一飽，渾莫問其餘。

戴復古不像永嘉四靈那樣專作律詩，有時為了敘述或議論，也採用五言或七言古體。他推重唐詩，卻不輕視宋詩，曾說：「舉世吟哦推李杜，時人不識有陳黃」（〈論詩絕句十首〉），對同代詩人之一味崇唐表示不滿。有人問他宋詩是不是不如唐詩好，他的回答是：「不然，本朝詩出於經，此人所未識，而復古獨心知之。」（《宋詩鈔》《石屏詩鈔》引）。他覺得宋詩自有宋詩的好處，與唐詩，尤其是晚唐詩自有不同。這當然是「無甚高論」，但也足見他有他自己的立場，並非人言亦言的趕時髦者。他的詩有的還有幽默感。如他寓居福建「市舶提舉」（今之貿易局長）家時，作了題爲〈久寓泉南待一故人消息桂隱諸葛如晦謂客舍不可住借一園亭安下即事凡有十首〉，有一首云：

寄跡小園中，忽有烏衣至。
手中執圓封，州府特遣餽。
羅列滿吾前，禮數頗周緻。
四鄰來聚觀，若有流涎意。
呼童急開樽，四鄰同一醉。

「烏衣」是穿著黑色衣服的衙門勤務員。「圓封」，不詳，可能是禮物目錄之類。州府的大官派人送來了禮物，一件一件地擺在眼前。左鄰右舍的人都趕來參觀，羨慕得簡直要流口水。於是叫了童僕立刻打開酒樽，與鄰居眾人同享，喝得大家都醉了。

第五節　劉克莊

劉克莊（一一八七—一二六九），字潛夫，號後村，福建莆田人。他雖是戴復古的後輩，但年輕時就與永嘉四靈交游。關於他在理宗初年引起詩禍的事，前面已經說過。詩禍解除後，理宗很重用他，賜同進士出身。一生做過祕書少監兼中書舍人、福建提刑、兵部尚書、龍圖閣學士等職。傳有《後村先生大全集》一百九十三卷，其中詩四十八卷，是這個時期最大的詩集。如果加以計算的話，大概有好幾千首，大半是律詩絕句。他雖然說他自己是「前哲藩籬尙未窺」、「苦吟不脫晚唐詩」，卻能時出新意，自成一家。如悼友人的〈哭薛子舒二首〉之一：

醫自金壇至，猶言疾可爲。
瀕危人未信，聞死世皆疑。
友共收殘稿，妻能讀殮儀。
借來書冊子，掩淚付孤兒。

「金壇」是江蘇地名。「殮儀」是葬禮的程序單。詩人把向死者生前借來的書，含著淚還給了遺孤，寫得簡單而足以動人心弦。

他是個政府的官員，時當蒙古窺覦南宋半壁天下，難免有憂國憂民之作，如〈贈防江卒六首〉、〈開濠行〉、〈運糧行〉等。下引一詩，〈同鄭君瑞出瀨溪即事十首〉之九，寫散步時的所見所聞，並感慨自己的老朽，不能爲國到前方去驅除韃虜：

北耗而今杳不知，路傍羽檄走無時。
自憐滿鏡星星髮，羞見官中募士旗。

「羽檄」又作羽書，就是徵兵的命令。晚年的劉克莊退隱鄉間，時與當地人民接觸，作了不少詩。

如〈出城〉之二云：

小憩城西賣酒家，綠陰深處有啼鴉。
主人歎息官來晚，謝了酴醾一架花。

第三行的「官」是當地人對他的稱呼。退隱後的生活似乎並不富裕，如〈歲晚書事〉之十云：

丐客鶉衣立户前，豈知儂自窘殘年。
染人酒媪逋猶緩，且送添丁上學錢。

「鶉衣」是破舊不堪的衣服。快過年了，欠染工和酒店老闆娘的錢還沒還清，而且又得替家裡小孩兒付學費，自己已經夠窮了，那兒還有錢給乞丐呢？

退休的官吏如有田產，也必須付很重的租稅。陸游曾經在詩裡埋怨過，劉克莊也不例外。此外，他還有描寫村塾、社戲等鄉間風俗的作品。劉克莊可以說是個小陸游。他在杭州陷落前七年去世，享年八十三。

還有一個詩人方岳（一一九八—一二六二），字巨山，號秋崖，新安祁門人，官至吏部侍郎。他的《秋崖集》曾於日本文化二年（一八〇五），由大窪詩佛（一七六七—一八三七）刊行日本版。他也是出身於農家，〈上鶴山作圖書所扁〉五古有句云：

我本耕田夫，識字略可數。
誰令半窗燈，奪此一犁雨。
明經爲青紫，無乃以書賈。
晚知事大謬，於學竟何補。

方岳雖然做過官，他的詩卻帶著濃厚的平民色彩。譬如說，他有一首〈贈背書人王生〉詩，所謂「背書人」是以裱裝書冊爲業的人。又有明白題爲〈唐律十首〉的五言律詩，反映著當時詩壇嚮往唐詩的傾向。從他的「舊傳有客謁一士夫，題其刺云『琴棋詩酒客』，因與談笑，戲成此詩」之作，也可以聯想到當時所謂「清客」的跋扈。

第六節　《三體詩》、《詩人玉屑》、《滄浪詩話》

總而言之，十三世紀南宋末期的詩壇風氣，的確很像十九世紀日本的江戶末期。當時以平民爲主的詩人集團，無視於瀕臨危機的國家命運，在夕陽無限好的太平氣氛中，孜孜矻矻，埋首於詩，結果把自南宋初期以來嚮往唐詩的潺潺潛流，帶到表面上來，倡之學之不遺餘力，終於使唐詩風靡一時。不過，他們所學的並非初唐盛唐，而只限於輕快小巧的「中晚唐」詩而已。

有一本唐詩選集《唐賢三體詩家法》，通稱《三體詩》，就是在這種風氣下出現的中晚唐詩選。這本書於十四世紀初葉，由五山某禪僧（或云即中巖圓月）入元攜回日本後，久爲日本人學詩的範本。其編者周弼，字伯弜，理宗時代人，是江湖派的詩人之一。所謂三體是七言絕句、七言律與五言律。根據詩句的「虛」與「實」，即抒情與敘景的不同配合，周弼立了「前虛後實」、「前實後虛」、「四虛」、「四實」、「實接」、「虛接」、「前對」、「後對」等等法則，作爲他選擇、分類、編排的準繩。《三體詩》可說以民間詩人爲對象的啓蒙手冊，足見當時需要這類集子的讀者，已經越來越多。在這裡，值得一提的是宋末元初的詩評家方回（一二二七—一三〇六），他在所編《瀛奎律髓》裡提出的「情」與「景」兩個概念，其實相當於周弼所說的「虛」與「實」。

自從北宋歐陽修寫了《詩話》一書以來，兩宋期間，有關詩或詩人的雜感、隨筆、短評，皆以詩話之名大量出現，以至於有「詩話興而詩亡」的說法。南宋初期，已有胡仔的《苕溪漁隱叢話》（《前集》六十卷、《後集》四十卷）、阮閱的《詩話總龜》（《前集》四十卷、《後集》五十卷，所採詩話凡二百種），都是集大成的著作。不過，論編輯體例，當以南宋末期，魏慶之的《詩人玉屑》（二十一卷）爲最佳。而且這本書的刊行似乎帶有營利的性質。雖然在北宋已有商業性的出版物，但多半還是屬於官營，只有到了十三世紀南宋末年，民間的出版業者，如上述的陳起，才不斷地推出了不少所謂「坊刻本」。出版業的興盛，當然更提高了一般人民對文學的熱心。

在舉世模擬晚唐的南宋末期，嚴羽的《滄浪詩話》可說是發人深省的空谷足音。他並不反對學唐詩，但主張要學就得學唐詩中最好的部分。嚴羽，字儀卿，一字丹邱，邵武人，自號滄浪逋客，與戴復古同時，又是友人。戴復古在其《石屏集》中，傳有他送給嚴羽的幾首詩。嚴羽以爲論詩如論禪。漢魏晉及李白、杜甫等盛唐之詩，爲最上乘，具正法眼，是謂第一義。韓愈、白居易等所謂大曆以還的中唐之詩，則爲小乘禪，已落爲第二義。至於晚唐諸家之詩，則斥之爲「聲聞辟支果」

（Śrāvaka Pratyeka），屬於最下等。因此，嚴羽對當時的一味模擬晚唐，極爲不滿。他說：「近世趙紫芝、翁靈舒輩，獨喜賈島、姚合之詩，稍稍復就清苦之風。江湖詩人多效其體，一時自謂之唐宗，不知止入聲聞辟支果，豈盛唐諸公大乘正法眼者哉！……今既唱其體曰唐詩矣，則學者謂唐詩誠止於是耳，得非詩道之重不幸邪？故予不自量度，輙定詩之宗旨，且借禪以爲喻，推原漢魏以來，而截然謂當以盛唐爲法，雖獲罪於世之君子，不辭也。」

後世自明朝以來，唐詩有初唐、盛唐、中唐、晚唐四期的分法，就是從嚴羽開始的。他又論唐詩與宋詩之所以有別：「唐人與本朝人詩，未論工拙，直是氣象不同。」又云：「盛唐諸人惟在興趣，羚羊掛角，無跡可求。故其妙處透徹玲瓏，不可湊泊，如空中之音，相中之色，水中之月，鏡中之象，言有盡而意無窮。近代諸公，乃作奇特解會，遂以文字爲詩，以才學爲詩，以議論爲詩。夫豈不工，終非古人之詩也。」

嚴羽的詩論，尤其是「以盛唐爲法」的主張，目的在於糾正當代過分注重晚唐的偏差。不過他的意見，只有到了明朝，才由所謂「前後七子」，在「詩必盛唐」的口號下，積極地加以倡導和實踐，又在中國詩史上熱鬧了一番。總之，嚴羽對「本朝人詩」所表現的不滿，使人聯想到有宋一代的詩運，也隨著日益沒落的政治局勢，走向滅亡，再也挽救不過來了。

文丞相文山像

第七節　宋末的抵抗詩人

南宋末年的詩壇，充滿著無數小詩人的喃喃細語，彷彿細水潺湲，終無已時。但到了最後，出人意外的，卻突然爆出了一陣熱情的火花。這是當時國際局勢急轉直下的必然結果。蒙古大軍以破竹之勢，席捲東南半壁江山，對南宋的一般人民，至少對杭州的居民而言，無疑是青天霹靂、措手莫及的一場惡夢。南宋亡國之際出任宰相的文天祥（一二三六—一二八二），在亡國後繼續領導抗元，終於被捕送至大都北京。他在獄中所作的〈正氣歌〉，就是一首有名的傑作。可是，文天祥與其他抵抗詩人的生平與作品，都是國際糾紛與局勢動盪下的產物，所以我想留待以後寫《元明詩概說》時，再作詳細的敘述了。

文天祥．詩書

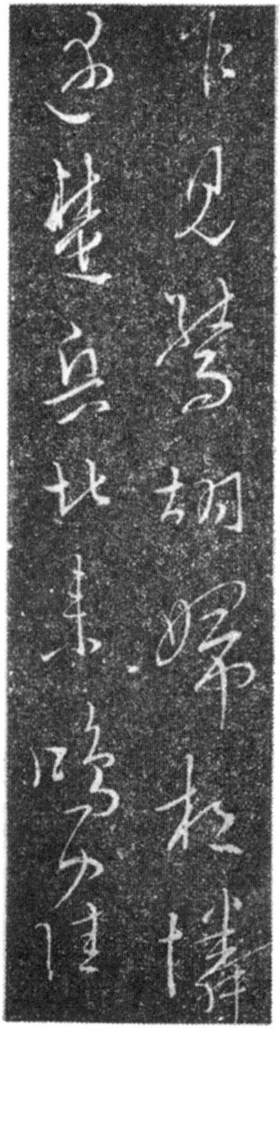

宋詩年表

時期	干支	西曆	皇帝	年號	在位年數	事略	北族	日本
十世紀後半	庚申	九六○	太祖	建隆	一	△魏野生 ▲馮延巳五八卒 正月太祖三四立	遼穆宗應曆一○	村上
	辛酉	九六一		二	二	△寇準生 李煜二五嗣立爲南唐主	十一	
	壬戌	九六二		三	三	△丁謂生	十二	
	癸亥	九六三		乾德	四	△王曙生	十三	
	甲子	九六四		二	五		十四	
	乙丑	九六五		三	六	後蜀亡	十五	
	丙寅	九六六		四	七		十六	
	丁卯	九六七		五	八	△林逋生 《舊五代史》成	十七	冷泉
	戊辰	九六八		開寶	九	△姚鉉生	十八	
	己巳	九六九		二	一○		景宗保寧 元	圓融
	庚午	九七○		三	十一		二	
	辛未	九七一		四	十二	▲歐陽炯七六卒 南漢亡	三	
	壬申	九七二		五	十三		四	
	癸酉	九七三		六	十四		五	
	甲戌	九七四		七	十五	△楊億生	六	

時期	干支	西曆	皇帝	年號	在位年數	事略	北族	日本
	乙亥	九七五		八	十六	南唐亡	七	
	丙丁	九七六	太宗	太平興國	一	十月太祖五十崩 弟太宗三八立	八	
	丁丑	九七七		二	二	△錢惟演生 呂蒙正三三進士 《太平御覽》《太平廣記》成	九	
	戊寅	九七八		三	三	▲李煜四二卒 吳越降	一〇	
	己卯	九七九		四	四	北漢亡	乾亨 元	
	庚辰	九八〇		五	五	張詠三五進士	二	
	辛巳	九八一		六	六		三	
	壬午	九八二		七	七		四	
	癸未	九八三		八	八	王禹偁二九姚鉉一六李巽進士	聖宗統和 元	
	甲申	九八四		雍熙	九		二	花山
	乙酉	九八五		二	一〇		三	
	丙戌	九八六		三	十一	《文苑英華》成	四	一條
	丁亥	九八七		四	十二		五	
	戊子	九八八		端拱	十三		六	
	己丑	九八九		二	十四	△范仲淹生	七	
	庚寅	九九〇		淳化	十五		八	
	辛卯	九九一		二	十六	△晏殊生	九	
	壬辰	九九二		三	十七	▲徐鉉七六趙普七二卒 丁謂三一進士	一〇	
	癸巳	九九三		四	十八	李昉六九李至四七《二李唱和集》序 呂蒙正四八平章事	十一	
	甲午	九九四		五	十九		十二	
	乙未	九九五		至道	二〇		十三	
	丙申	九九六		二	二一	△宋庠生 ▲李昉七二卒	十四	
	丁酉	九九七		三	二二	三月太宗五九崩子眞宗三十立	十五	
	戊戌	九九八	眞宗	咸平	二	△宋祁生 劉筠進士	十六	
	己亥	九九九		二			十七	

時期：十一世紀前半

干支	西曆	皇帝	年號	在位年數	事略	北族	日本
庚子	一〇〇〇		三			十八	
辛丑	一〇〇一		四	五	△尹洙生　▲李至五五王禹偁四八卒	十九	
壬寅	一〇〇二		五	六	△梅堯臣生	二〇	
癸卯	一〇〇三		六	七		二一	
甲辰	一〇〇四		景德	八	△富弼生《西崑酬唱集》序 宋遼和於澶淵	二二	
乙巳	一〇〇五		二	九	△石介、江休復生	二三	
丙午	一〇〇六		三	一〇	△文彥博生	二四	
丁未	一〇〇七		四	十一	△歐陽修生	二五	
戊申	一〇〇八		大中祥符	十二	△蘇舜欽、韓琦生	二六	
己酉	一〇〇九		二	十三	△蘇洵生	二七	
庚戌	一〇一〇		三	十四	歐陽修四父死	二八	
辛亥	一〇一一		四	十五	△邵雍生　▲呂蒙正六六卒 姚鉉四四《唐文粹》序	二九	三條
壬子	一〇一二		五	十六	△蔡襄生	開泰元	
癸丑	一〇一三		六	十七	《冊府元龜》成	二	
甲寅	一〇一四		七	十八	寇準五四同平章事	三	
乙卯	一〇一五		八	十九	▲張詠七十卒　范仲淹二七進士	四	
丙辰	一〇一六		九	二〇	歐陽修十得《韓愈集》（日本紫式部三九卒？）	五	後一條
丁巳	一〇一七		天禧	二一	△周敦頤、韓維生（日本藤原道長五二太政大臣）	六	
戊午	一〇一八		二	二二	△文同生	七	
己未	一〇一九		三	二三	△司馬光、曾鞏、謝景初、劉敞、宋敏求生 ▲魏野六十卒	八	
庚申	一〇二〇		四	二四	▲姚鉉五三楊億四七卒　丁謂五九平章事	九	
辛酉	一〇二一		五	二五	△王安石、吳充生	太平元	
壬戌	一〇二二	仁宗	乾興	二六	二月真宗五五崩子仁宗一三立義母劉氏五四攝政	二	

時期	干支	西曆	皇帝	年號	在位年數	事略	北族	日本
	癸亥	一〇二三		天聖	二	△劉攽生▲寇準六三卒 梅堯臣二二初識林逋五七	三	
	甲子	一〇二四		二	三	宋庠二九宋祁二七尹洙二四進士	四	
	乙丑	一〇二五		三	四		五	
	丙寅	一〇二六		四	五		六	
	丁卯	一〇二七		五	六	梅堯臣二六娶謝氏二十(藤原道長六二卒)	七	
	戊辰	一〇二八		六	七	▲林逋六二卒　范仲淹四十祕閣校理	八	
	己巳	一〇二九		七	八	△沈括生	九	
	庚午	一〇三〇		八	九	晏殊四十知貢舉　歐陽修二四石介二五蔡襄一九進士	一〇	
	辛未	一〇三一		九	一〇	梅堯臣三十歐陽修二五官於洛陽	興宗景福元	
	壬申	一〇三二		明道	十一	△程顥、王令生　晏殊四二參加政事	重熙元	
	癸酉	一〇三三		二	十二	△程頤生▲丁謂七二卒　皇太后六五崩　梅堯臣三二官饒州	二	
	甲戌	一〇三四		景祐	十三	▲王曙七二錢惟演五八卒　歐陽修二八官京師　柳永進士	三	
	乙亥	一〇三五		二	十四	△曾布生　范仲淹四七天章閣待制　梅堯臣三四官池州	四	
	丙子	一〇三六		三	十五	△蘇軾生　范沖淹四八歐陽修三十坐貶	五	後朱雀
	丁丑	一〇三七		四	十六		六	
	戊寅	一〇三八		寶元	十七	司馬光二十吳充一八進士　西夏叛	七	
	己卯	一〇三九		二	十八	△蘇轍生　宋庠四四參知政事 梅堯臣三八官襄城	八	
	庚辰	一〇四〇		康定	十九	歐陽修三四再官京師	九	
	辛巳	一〇四一		慶曆	二〇	范仲淹五三韓琦三四防西夏	一〇	
	壬午	一〇四二		二	二一	王安石二二進士　晏殊五二平章事　梅堯臣四一官湖州	十一	
	癸未	一〇四三		三	二二	范仲淹五五韓琦三六富弼四十歐陽修三七在朝　石介三九 〈聖德詩〉	十二	
	甲申	一〇四四		四	二三	范仲淹五六歐陽修三八蘇舜欽三七受貶　宋與西夏和	十三	
	乙酉	一〇四五		五	二四	△黃庭堅生　▲石介四一卒　歐陽修三九知滁州	十四	後冷泉
	丙戌	一〇四六		六	二五	▲尹洙四七卒　劉敞二八謝景初二八劉攽二四裴煜進士	十五	
	丁亥	一〇四七		七	二六	△蔡京生　文彥博四一參知政事	十六	

時期	干支	西曆	皇帝	年號	年在數位	事略	北族	日本
十一世紀後半	戊子	一〇四八		八	二七	▲蘇舜欽四一卒 歐陽修四二知揚州 梅堯臣四七國子博士	十七	
	己丑	一〇四九		皇祐	二八	△秦觀生 歐陽修四三知穎州 宋庠五四同平章事	十八	
	庚寅	一〇五〇		二	二九	歐陽修四四知應天府	十九	
	辛卯	一〇五一		三	三〇	△米芾生 梅堯臣五十太常博士 (日本前九年之役)	二〇	
	壬辰	一〇五二		四	三一	▲范仲淹六四卒 王安石三二官舒州	二一	
	癸巳	一〇五三		五	三二	△陳師道、晁補之生	二二	
	甲午	一〇五四		至和	三三	△張耒生 歐陽修四八翰林學士 王安石三四官京師	二三	
	乙未	一〇五五		二	三四	▲晏殊六五卒 富弼五二文彥博五十同平章事	道宗清寧 元	
	丙申	一〇五六		嘉祐	三五	△周邦彥生 梅堯臣五五國子監直講 韓琦四九樞密使	二	
	丁酉	一〇五七		二	三六	歐陽修五一知貢舉 曾鞏三九曾布二三蘇軾二二蘇轍一九呂惠卿進士	三	
	戊戌	一〇五八		三	三七	△蔡卞生 王安石三八官京師 韓琦五一平章事	四	
	己亥	一〇五九		四	三八	△晁說之生 ▲王令二八卒 蘇軾二四詩始見集中 章惇、蔡確進士	五	
	庚子	一〇六〇		五	三九	▲梅堯臣五九江休復五六卒 王安石四十 《唐百家詩選》《新唐書》成	六	
	辛丑	一〇六一		六	四〇	▲宋祁六四卒 歐陽修五五參知政事 蘇軾二六官鳳翔	七	
	壬寅	一〇六二		七	四一	司馬光四四知諫院	八	
	癸卯	一〇六三		八	四二	三月仁宗五四崩甥英宗三二立 沈括三五進士 歐陽修五七《集古錄》	九	
	甲辰	一〇六四	英宗	治平	二		一〇	
	乙巳	一〇六五		二	三	蘇軾三十直史館	咸雍 元	
	丙午	一〇六六		三	四	▲蘇洵五八宋庠七一卒 邵雍五六《擊壤集》序	二	

時期	干支	西曆	皇帝	年號	在位年數	事略	北族	日本
	丁未	一〇六七		四	五	正月英宗三六崩子神宗二十立 歐陽修六一罷知亳州黃庭堅二三進士	三	
	戊申	一〇六八	神宗	熙寧	二	▲劉敞五十卒 王安石四八會神宗二一 蘇軾三三除服還京	四	後三條
	己酉	一〇六九		二	三	王安石四九參知政事	五	
	庚戌	一〇七〇		三	四	王安石五十平章政事 蔡京二四進士	六	
	辛亥	一〇七一		四	五	歐陽修六五歸潁州 司馬光五三居洛陽 蘇軾三六杭州通判	七	
	壬子	一〇七二		五	六	▲歐陽修六六卒	八	白河
	癸丑	一〇七三		六	七	▲周敦頤五七卒	九	
	甲寅	一〇七四		七	八	王安石五四辭職 呂惠卿參知政事 蘇軾三九知密州	一〇	
	乙卯	一〇七五		八	九	▲韓琦六八卒 王安石五五再入爲同平章事	太康 元	
	丙辰	一〇七六		九	一〇	王安石五六再辭職以後居江寧 吳充五六同平章事	二	
	丁巳	一〇七七		一〇	十一	△葉夢得生 ▲邵雍六七卒 蘇軾四二知徐州 秦觀二九入蘇門	三	
	戊午	一〇七八		元豐	十二	黃庭堅三四入蘇門	四	
	己未	一〇七九		二	十三	▲文同六二卒 蘇軾四四知湖州被捕下御史臺獄	五	
	庚申	一〇八〇		三	十四	▲吳充六十卒 蘇軾四五貶黃州	六	
	辛酉	一〇八一		四	十五	△趙明誠生 成尋八一卒於開封	七	
	壬戌	一〇八二		五	十六	蘇軾四七〈赤壁賦〉號東坡居士	八	
	癸亥	一〇八三		六	十七	▲富弼八十曾鞏六五卒	九	
	甲子	一〇八四		七	十八	△曾幾生 蘇軾四九去黃州 司馬光六六《資治通鑑》成	一〇	
	乙丑	一〇八五		八	十九	▲程顥五四卒 三月神宗三八崩子哲宗一十立 祖母高氏五四攝政	太安 元	
	丙寅	一〇八六	哲宗	元祐	二	司馬光六八左僕射 ▲王安石六六 司馬光六八卒 蘇軾五一翰林學士	二	堀河
	丁卯	一〇八七		二	三	(日本後三年之役 院宣政治開始)	三	

時期	干支	西曆	皇帝	年號	年在位數	事略	北族	日本
十二世紀前半	戊辰	一〇八八		三	四	秦觀四一官京師	四	
	己巳	一〇八九		四	五	▲劉攽六七卒　蘇軾五四知杭州	五	
	庚午	一〇九〇		五	六	△陳與義、秦檜生	六	
	辛未	一〇九一		六	七	蘇軾五六翰林承旨繼知潁州	七	
	壬申	一〇九二		七	八	蘇軾五七知揚州繼召爲兵部尙書禮部尙書端明殿學士	八	
	癸酉	一〇九三		八	九	▲沈括六五卒　太皇太后六二崩哲宗親政　蘇軾五八知定州	九	
	甲戌	一〇九四		紹聖	一〇	蘇軾五九貶惠州	一〇	
	乙亥	一〇九五		二	十一	黃庭堅五一貶黔州	壽昌 元	
	丙子	一〇九六		三	十二	秦觀四八貶郴州（第一次十字軍）	二	
	丁丑	一〇九七		四	十三	△朱松生　▲文彥博九二卒　蘇軾六二遷海南島	三	
	戊寅	一〇九八		元符	十四	▲韓維八二卒　黃庭堅五四遷戎州	四	
	己卯	一〇九九		二	十五	秦觀五一遷雷州	五	
	庚辰	一一〇〇		三	十六	正月哲宗二五崩弟徽宗二十立　蘇軾六五黃庭堅五六秦觀五二獲赦	六	
	辛巳	一一〇一	徽宗	建中靖國	二	△劉子翬生　▲蘇軾六六秦觀五三陳師道四九卒	天祚帝乾統 元	
	壬午	一一〇二		崇寧	三	蔡京五六右僕射　元祐黨籍碑　黃庭堅五八居鄂州	二	
	癸未	一一〇三		二	四	△岳飛生　詔禁三蘇黃庭堅等人文集	三	
	甲申	一一〇四		三	五	黃庭堅六十貶宜州	四	
	乙酉	一一〇五		四	六	▲黃庭堅六一卒	五	
	丙戌	一一〇六		五	七		六	
	丁亥	一一〇七		大觀	八	▲程顥七五曾布七三米芾五七卒　蔡京六一左僕射	七	鳥羽
	戊子	一一〇八		二	九	蔡京六二太師	八	
	己丑	一一〇九		三	一〇		九	

時期	干支	西曆	皇帝	年號	在位年數	事略	北族	日本
	庚寅	一一一〇		四	十一	▲晁補之五八卒	一〇	
	辛卯	一一一一		政和	十二		天慶	
	壬辰	一一一二		二	十三	▲蘇轍七四卒	二	
	癸巳	一一一三		三	十四		三	
	甲午	一一一四		四	十五	▲張耒六一卒	四	
	乙未	一一一五		五	十六	秦檜二六進士	金太祖收國 五	
	丙申	一一一六		六	十七	蔡京七十稱公相	二 六	
	丁酉	一一一七		七	十八	▲蔡卞六十卒　徽宗三七稱教主道君皇帝　花石綱	天輔 七	
	戊戌	一一一八		重和	十九		二 八	
	己亥	一一一九		宣和	二〇	金製女眞文字	三 九	
	庚子	一一二〇		二	二一	宋金議夾攻遼	四 十	
	辛丑	一一二一		三	二二	▲周邦彥六六唐庚五一卒	五保大	
	壬寅	一一二二		四	二三	金克遼燕京　萬歲山成	六 二	
	癸卯	一一二三		五	二四	△洪邁生　《宣和畫譜》成	太宗 天會 三	崇德
	甲辰	一一二四	欽宗	六	二五		二 四	
	乙巳	一一二五		七	二六	△陸游生　金入寇　十二月徽宗四四傳位於欽宗二六	三 五	
	丙午	一一二六		靖康	二	△范成大、周必大生　十一月廿五日汴京陷落	四	
	丁未	一一二七	高宗	建炎	一	△楊萬里、尤袤生　徽宗四六欽宗二八被虜入金　五月高宗二一立	五	
	戊申	一一二八		二	二		六	
	己酉	一一二九		三	三	▲晁說之七一趙明誠四九卒　金軍犯江南	七	
	康戌	一一三〇		四	四	△朱熹生　金軍北歸　秦檜四一自金釋還爲禮部尙書	八	
	辛亥	一一三一		紹興	五	秦檜四二參知政事繼爲右僕射	九	
	壬子	一一三二		二	六	高宗二六至杭州	一〇	

時期	干支	西曆	皇帝	年號	年在數位	事略	北族	日本
十二世紀後半	癸丑	一一三三		三	七		十一	
	甲寅	一一三四		四	八	韓世忠破金軍	十二	
	乙卯	一一三五		五	九	四月上皇徽宗五四崩於五國城	熙宗十三	
	丙辰	一一三六		六	一〇		十四	
	丁巳	一一三七		七	十一	△呂祖謙、樓鑰生　秦檜四八樞密使	十五	
	戊午	一一三八		八	十二	▲陳與義四九卒　宋與金和定杭州爲行在	天眷 元	
	己未	一一三九		九	十三	宋金和議破	二	
	庚申	一一四〇		一〇	十四	△辛棄疾生	三	
	辛酉	一一四一		十一	十五	▲岳飛三九被殺	皇統 元	近衛
	壬戌	一一四二		十二	十六	徽宗柩自金歸還　宋向金稱臣議和	二	
	癸亥	一一四三		十三	十七		三	
	甲子	一一四四		十四	十八	▲朱松四七卒	四	
	乙丑	一一四五		十五	十九		五	
	丙寅	一一四六		十六	二〇		六	
	丁卯	一一四七		十七	二一	《東京夢華錄》序　（第二次十字軍）	七	
	戊辰	一一四八		十八	二二	▲葉夢得七二卒　朱熹十九進士 《苕溪漁隱叢話前集》序	海陵 八	
	己巳	一一四九		十九	二三		天德 元	
	庚午	一一五〇		二〇	二四	△葉適生	二	
	辛未	一一五一		二一	二五	△韓侂胄生	三	
	壬申	一一五二		二二	二六	范成大二七詩始見集中	四	
	癸酉	一一五三		二三	二七	金遷都燕京	貞元 元	
	甲戌	一一五四		二四	二八	范成大二九楊萬里二七進士	二	
	乙亥	一一五五		二五	二九	▲秦檜六八卒	三	後白河
	丙子	一一五六		二六	三〇	上皇欽宗五七崩於金五國城　陸游三二詩始見集中 （日本保元之亂）	正隆 元	
	丁丑	一一五七		二七	三一		二	

時期	干支	西曆	皇帝	年號	在位年數	事略	北族	日本
	戊寅	一一五八		二八	三二	陸游三四官福建寧德	三	二條
	己卯	一一五九		二九	三三	(日本平治之亂)	四	
	庚辰	一一六〇		三〇	三四	陸游三六官首都	五	
	辛巳	一一六一		三一	三五	金海陵王四十寇揚州被殺	世宗 大定 元	
	壬午	一一六二		三二	三六	△徐璣生 五月高宗五六讓位於養子孝宗三六 楊萬里三六《江湖集》	二	
	癸未	一一六三	孝宗	興隆	二	張浚伐金失敗 《韻語陽秋》序	三	
	甲申	一一六四		二	三	陸游四十官鎮江	四	
	乙酉	一一六五		乾道	四	陸游四一官隆興 宋金再講和	五	六條
	丙戌	一一六六		二	五	▲曾幾八三卒 陸游四二歸鄉	六	
	丁亥	一一六七		三	六	△戴復古生 (日本平清盛五十太政大臣)	七	
	戊子	一一六八		四	七	《碧溪詩話》序 (日僧榮西二八入宋)	八	高倉
	己丑	一一六九		五	八		九	
	庚寅	一一七〇		六	九	陸游四六《入蜀記》官四川 范成大四五使金	一〇	
	辛卯	一一七一		七	一〇		一一	
	壬辰	一一七二		八	一一		一二	
	癸巳	一一七三		九	一二		一三	
	甲午	一一七四		淳熙	一三		一四	
	乙未	一一七五		二	一四		一五	
	丙申	一一七六		三	一五	陸游五二號放翁	一六	
	丁酉	一一七七		四	一六	范成大五二《吳船錄》 楊萬里五一《荊溪集》	一七	
	戊戌	一一七八		五	一七	△魏了翁、眞德秀生 陸游五四去蜀葉適二九進士	一八	
	己亥	一一七九		六	一八	楊萬里五三《西歸集》 陸游五五官撫州	一九	
	庚子	一一八〇		七	一九	陸游五六歸鄉楊萬里五四《南海集》	二〇	安德
	辛丑	一一八一		八	二〇	▲呂祖謙四五卒(日本平清盛六四卒)	二一	
	壬寅	一一八二		九	二一		二二	

時期	干支	西曆	皇帝	年號	年在數位	事略	北族	日本
十三世紀前半	癸卯	一一八三		一〇	二二	(日本木曾義仲三十入都)	二三	
	甲辰	一一八四		十一	二三	楊萬里五八《朝天集》又《江西詩派序》	二四	
	乙巳	一一八五		十二	二四	(日本屋島壇浦之戰)	二五	後鳥羽
	丙午	一一八六		十三	二五	陸游六二知浙江嚴州 范成大六一《四時田園雜興》	二六	
	丁未	一一八七		十四	二六	△劉克莊生 上皇高宗八一崩 周必大六二右丞相 史彌遠進士	二七	
	戊申	一一八八		十五	二七	陸游六四官首都 楊萬里六二《江西道院集》	二八	
	己酉	一一八九		十六	二八	二月孝宗六三傳位於子光宗四三 楊萬里六三《朝天續集》(第三次十字軍)	二九	
	庚戌	一一九〇	光宗	紹熙	二	陸游六六歸鄉 楊萬里六四《江東集》 △元好問生(日本西行七三卒)	章宗明昌 元	
	辛亥	一一九一		二	三		二	
	壬子	一一九二		三	四	楊萬里六六《退休集》	三	
	癸丑	一一九三		四	五	▲范成大六八卒 洪邁七一《唐賢萬首絕句》	四	
	甲寅	一一九四		五	六	▲尤袤六八卒 上皇孝宗六八崩 七月光宗四八傳位於子寧宗二七	五	
	乙卯	一一九五	寧宗	慶元	二		六	
	丙辰	一一九六		二	三	韓侂胄四六開府儀同三司	承安 元	
	丁巳	一一九七		三	四	僞學之禁	二	
	戊午	一一九八		四	五	△方岳生 魏了翁二一進士	三	土御門
	己未	一一九九		五	六	(日本源賴朝五三卒)	四	
	庚申	一二〇〇		六	七	▲朱熹七一卒 上皇光宗五四崩	五	
	辛酉	一二〇一		嘉泰	八		泰和 元	
	壬戌	一二〇二		二	九	▲洪邁八十卒 陸游七八官首都(第四次十字軍)	二	
	癸亥	一二〇三		三	一〇	陸游七九歸鄉	三	
	甲子	一二〇四		四	十一	▲周必大七九卒 (日本藤原俊成九一卒)	四	
	乙丑	一二〇五		開禧	十二	韓侂胄五五平章軍國事伐金	五	

時期	干支	西曆	皇帝	年號	在位年數	事略	北族	日本
	丙寅	一二〇六		二	十三	△鄭思肖生 ▲楊萬里八十卒 吳曦反於四川	蒙古太祖 元 六	
	丁卯	一二〇七		三	十四	▲辛棄疾六八卒 史彌遠等殺韓侂冑五七	二 七	
	戊辰	一二〇八		嘉定	十五	韓侂冑首送金再講和 史彌遠右丞相	三 八	
	己巳	一二〇九		二	十六	▲陸游八五卒	四 衛紹王大安	
	庚午	一二一〇		三	十七		五 二	順德
	辛未	一二一一		四	十八	▲徐照卒	六 三	
	壬申	一二一二		五	十九		七 崇慶	
	癸酉	一二一三		六	二〇	△賈似道生 ▲樓鑰七七卒	八 宣宗 貞祐	
	甲戌	一二一四		七	二一	▲徐熙五三卒 金遷都汴京	九 二	
	乙亥	一二一五		八	二二	蒙古陷金燕京(日本榮西七五卒)	一〇 三	
	丙子	一二一六		九	二三		十一 四	
	丁丑	一二一七		一〇	二四	宋金交戰	十二 興定	
	戊寅	一二一八		十一	二五		十三 二	
	己卯	一二一九		十二	二六	▲趙紫芝卒 成吉思汗西征 (日本源賴朝二八卒)	十四 三	
	庚辰	一二二〇		十三	二七		十五 四	
	辛巳	一二二一		十四	二八		十六 五	後堀河
	壬午	一二二二		十五	二九	(日本日蓮生)	十七 元光	
	癸未	一二二三		十六	三〇	△王應麟生 ▲葉適七四卒	十八 二	
	甲申	一二二四		十七	三一	八月寧宗五七崩 史彌遠立養子理宗二十 宋金和議	十九 哀宗 正大	
	乙酉	一二二五	理宗	寶慶	二	此年前後陳起《江湖集》成 成吉思汗東還	二〇 二	
	丙戌	一二二六		二	三	△謝枋得生	二一 三	
	丁亥	一二二七		三	四	△方回生	二二 四	
	戊子	一二二八		紹定	五	(第五次十字軍)	五	
	己丑	一二二九		二	六		太宗 元 六	
	庚寅	一二三〇		三	七	△胡三省生	二 七	

時期	干支	西曆	皇帝	年號	在位年數	事略	北族	日本
十三世紀後半	辛卯	一二三一		四	八	△劉辰翁生	三 八	
	壬辰	一二三二		五	九	△周密生	四 天興	四條
	癸巳	一二三三		六	一〇	史彌遠卒　蒙古克金汴京	五 二	
	甲午	一二三四		端平	十一	宋與蒙古協力亡金	六 三	
	乙未	一二三五		二	十二	▲眞德秀五八卒　《都城紀勝》序	七	
	丙申	一二三六		三	十三	△文天祥生	八	
	丁酉	一二三七		嘉熙	十四	▲魏了翁六十卒　《黑韃事略》序	九	
	戊戌	一二三八		二	十五	△陸秀夫生　賈似道二六進士	一〇	
	己亥	一二三九		三	十六		十一	
	庚子	一二四〇		四	十七		十二	
	辛丑	一二四一		淳祐	十八	△方鳳生（日本藤原定家八十卒）	十三	
	壬寅	一二四二		二	十九	△林景熙生		後嵯峨
	癸卯	一二四三		三	二十			
	甲辰	一二四四		四	二一	《詩人玉屑》序		
	乙巳	一二四五		五	二二	△戴表元生		
	丙午	一二四六		六	二三		定宗 元	後深草
	丁未	一二四七		七	二四	△唐玨生	二	
	戊申	一二四八		八	二五	△張炎生　（第六次十字軍）	三	
	己酉	一二四九		九	二六	△謝翱、吳澄生		
	庚戌	一二五〇		一〇	二七	周弼《三體詩》成		
	辛亥	一二五一		十一	二八		憲宗 元	
	壬子	一二五二		十二	二九		二	
	癸丑	一二五三		寶祐	三〇	（日本道元五四卒）	三	
	甲寅	一二五四		二	三一	△趙孟頫生	四	
	乙卯	一二五五		三	三二		五	
	丙辰	一二五六		四	三三	謝枋得三一　文天祥二一進士	六	
	丁巳	一二五七		五	三四	▲元好問六八卒	七	

時期	干支	西曆	皇帝	年號	在位年數	事略	北族	日本
	戊午	一二五八		六	三五	蒙古憲宗、忽必烈、兀良哈台分三道入寇	八	
	己未	一二五九		開慶	三六	蒙若憲宗崩於合州　忽必烈圍鄂州賈似道乞和	九	龜山
	庚申	一二六〇		景定	三七		世祖中統元	
	辛酉	一二六一		二	三八	△仇遠生	二	
	壬戌	一二六二		三	三九	《對床夜雨》序（日本親鸞九十卒）	三	
	癸亥	一二六三		四	四〇		四	
	甲子	一二六四		五	四一	十月理宗五九崩甥度宗二四立	至元元	
	乙丑	一二六五	度宗	咸淳	二	賈似道五三太師封魏國公	二	
	丙寅	一二六六		二	三	△袁桷生	三	
	丁卯	一二六七		三	四	賈似道五五太師平章軍國重事	四	
	戊辰	一二六八		四	五		五	
	己巳	一二六九		五	六	△黃公望生　▲劉克莊八三卒	六	
	庚午	一二七〇		六	七	△柳貫生（第七次十字軍）	七	
	辛未	一二七一		七	八	△楊載生　蒙古定國號爲元	八	
	壬申	一二七二		八	九	△虞集、范椁、薩都刺生	九	
	癸酉	一二七三		九	一〇	呂文煥於襄陽降元	一〇	
	甲戌	一二七四		一〇	十一	七月度宗三五崩子恭帝五立　《夢粱錄》序 元伯顏大舉入寇	十一	後宇多
	乙亥	一二七五	恭帝	德祐	二	范文虎於安慶降元　文天祥四十勤王 賈似道六三貶死	十二	
	丙子	一二七六		二	三	文天祥四一右丞相　二月杭州陷落 三月恭帝被送至都北京	十三	
	丙子	一二七六	端宗	景炎	一	五月恭帝兄即位於福州十一月移潮州	十三	
	丁丑	一二七七		二	二	文天祥四二江西勤王　十月端宗移秀山	十四	
	戊寅	一二七八	衛王	祥興		四月端宗崩於碙州弟衛王立　六月遷新會厓山	十五	
	己卯	一二七九		二	二	二月陸秀夫負衛王溺海死　宋亡 文天祥被執至北京	十六	

宋代詩人生日忌日表

	生		卒	
林逋	九六七	乾德五年	一〇二八	天聖六年十二月七日
范仲淹	九八九	端拱二年八月二日	一〇五二	皇祐四年五月廿日
梅堯臣	一〇〇二	咸平五年	一〇六〇	嘉祐五年四月廿五日
歐陽修	一〇〇七	景德四年六月廿一日	一〇七二	熙寧五年閏七月廿三日
文同	一〇一八	天禧二年	一〇七九	元豐二年七月五日
司馬光	一〇一九	天禧三年十月十八日	一〇八六	元祐元年九月一日
王安石	一〇二一	天禧五年十一月廿五日	一〇八六	元祐元年九月六日
蘇軾	一〇三六	景祐三年十二月十九日	一一〇一	建中靖國元年七月廿八日
蘇轍	一〇三九	寶元二年二月廿六日	一一一二	政和二年十月三日
黃庭堅	一〇四五	慶曆五年六月十二日	一一〇五	崇寧四年九月卅日
陳師道	一〇五三	皇祐五年	一一〇一	建中靖國元年十二月廿九日
陳與義	一〇九〇	元祐五年六月	一一三八	紹興八年十一月廿九日
陸游	一一二五	宣和七年十月十七日	一二〇九	嘉定二年
朱熹	一一三〇	建炎四年九月十五日	一二〇〇	慶元六年三月九日
文天祥	一二三六	端平三年五月二日	一二八二	元至元十九年十二月九日

跋

這本書是我計畫中的中國文學史的一部分。不過，我對宋詩的研究並不久；只有到了十年前，年齡將近五十的時候，才變成了我的課題之一。最早的成果是一九五二年春天，四十九歲，爲某雜誌所寫的短文：〈關於宋詩〉。我在該文裡說，關於唐人的詩，即使不求甚解，總算讀完了不少集子。元人、清人的詩集，也是如此。至於宋人的詩集，雖然讀了些蘇軾、黃庭堅、陸游、楊萬里，但都半途而廢，復置諸高閣。既然這樣，爲什麼還寫了那篇文章呢？說來也巧，那時我在京都大學講授中國文學史，不得不談到宋朝的詩，正好有一個不是同行的朋友硬要我寫稿，就這麼樣被逼出來了。該文後來被收進了《現代隨想全集》（東京創元社，一九五四）。

七年後，一九五九年春天，五十六歲，爲了別的雜誌又寫了一篇〈宋詩的問題〉，後來收在我的隨筆《學事詩事》（筑摩書房，一九六〇）。那是文學史再講到宋朝的副產品，似乎比上一篇文章稍有進步。不過，即使仍然無甚高論，卻增加了我從事宋詩研究的願望。同年秋天，又在九州大學召開的日本中國學會大會裡，發表了〈宋詩的立場〉。

前年夏天，五十七歲，我終於下了寫這本書的決心。在蒐集資料的過程中，盡量閱讀各家的全集。如果來不及看完，就涉獵清人所編的《宋詩鈔》。這部選集是清朝初年，浙江詩人吳之振與呂留良，經過討論斟酌，取各家詩集的三分之一，編輯而成，大概是可以信賴的。此外也有些簡單的選本或批評，但數量本來已經有限，值得參考的就更少了。關於詩人的傳記與軼事，多半參考了清厲鶚的《宋詩紀事》，或近人丁傳靖的《宋人軼事彙編》。

現在，總算完成了這個自定的課題，自有一番輕鬆的感覺。回想起來，爲了盡量根據原始資料來引出一己的見解，曾經從頭到尾讀完了不少全集，至少讀完了整部《宋詩鈔》。書成後，把其中所引的詩，與其他簡單的選本對照了一下，才發現彼此重複的並不太多。這倒使我覺得有點不安。唯一的辯解是這本書不是詩選，主要的目的在敘述詩的歷史，選詩的標準自然就不同了。

宋詩與佛教特別是禪宗，具有密切的關係。又承讀了原稿的小川環樹博士相告，道家思想對宋詩也頗有影響。只是我自己於佛道所知有限，雖然小川氏有所指教，還是不敢班門弄斧，以免貽笑大方。自己對這方面的無知，自然會影響到本書的完備，缺點在所難免。這也是使我感到不安的地方。

總之，希望學界對本書作嚴厲的批判。

吉川幸次郎

宋詩概說

2023年5月五版
2023年10月五版二刷
定價：新臺幣550元

著　者	吉川幸次郎
譯　者	鄭清茂
叢書主編	沙淑芬
校　對	王中奇
封面設計	蔡婕岑

出版者	聯經出版事業股份有限公司
地址	新北市汐止區大同路一段369號1樓
叢書主編電話	(02)86925588轉5310
台北聯經書房	台北市新生南路三段94號
電話	(02)23620308
郵政劃撥帳戶第0100559-3號	
郵撥電話	(02)23620308
印刷者	世和印製企業有限公司
總經銷	聯合發行股份有限公司
發行所	新北市新店區寶橋路235巷6弄6號2F
電話	(02)29178022

副總編輯	陳逸華
總編輯	涂豐恩
總經理	陳芝宇
社長	羅國俊
發行人	林載爵

行政院新聞局出版事業登記證局版臺業字第0130號

本書如有缺頁，破損，倒裝請寄回台北聯經書房更換。　ISBN 978-957-08-6907-1 (精裝)
聯經網址 http://www.linkingbooks.com.tw
電子信箱 e-mail:linking@udngroup.com

國家圖書館出版品預行編目資料

宋詩概說／吉川幸次郎著．鄭清茂譯．五版．新北市．
聯經．2023.05．264面．14.8×21公分．
ISBN 978-957-08-6907-1（精裝）
[2023年10月五版二刷]

1.CST：宋詩 2.CST：詩評

820.9105 112006184